あの夜を覚えてる

脚本／小御門優一郎
小説／山本幸久

ポプラ文庫

あの夜を覚えてる

第一部

「いやぁ、そう思うとけっこうつづけてきましたね。百回って、めちゃくちゃすごくないですか。だって生きてて百回もやることって、意外とないですからね。ぼくだって俳優として百作は全然でてないと思うし。これもひとえに、いま、聴いてくださってるリスナーひとりひとりのおかげです。本当にありがとうございます」

午前一時の時報が鳴ったあと、館内スピーカーから藤尾《ふじお》涼太《りょうた》の声が流れてきた。

はじまっちゃったよ。やばいやばいやばい。落ち着け落ち着け落ち着け。

植村《うえむら》杏奈《あんな》は自分に言い聴かせる。いまいるのはニッポン放送四階にあるCDルームだ。格納棚を開き、今日というか、いままさにはじまった『藤尾涼太のオールナイトニッポン』でかける曲のCDをさがしている最中だった。植村はこの番組のADなのだ。

the telephones の『Here We Go』、THE ORAL CIGARETTES の『ワガマ

マで誤魔化さないで』、ASIAN KUNG-FU GENERATIONの『荒野を歩け』、BiSHの『愛してると言ってくれ』と四枚は見つけることができた。残り一枚、銀杏BOYZの『夜王子と月の姫』だ。

あった、あった。よしよし。

CD五枚を持って、おなじ四階にある第二スタジオにむかって小走りになる。廊下からオフィススペースへ、そのあいだにもスピーカーからは藤尾涼太の軽快なおしゃべりが流れていた。ただし深夜なので、社内にほとんどひとはいない。

「遅くなりました」詫びながらスタジオに入る。

「セッティングしちゃって」ディレクターの堂島《どうじま》に言われ、植村は「はい」と答える。

すぐ手前に藤尾のマネージャー、小園《こその》がいた。童顔で小柄だが、いつもと変わらぬパンツスーツで、デキる女の雰囲気を醸しだしている。実際、入社して三年目ながら優秀なのだ。藤尾には佐々木《ささき》という、チーフマネージャーがいるものの、現場はいつも小園がつきっきりで、藤尾以上に藤尾について詳しいと自他ともに認めているほどだった。

「いつもすみません」

「いえ、とんでもない」

植村を見るなり、小園が詫びた。というのも番組内の選曲は藤尾で、そのメモを渡されたのが、番組開始三分前だったのだ。

ラジオのスタジオはスタジオブースとサブルームのふたつに分かれ、ガラスで隔たれている。いまブース内では、当然ながら藤尾がしゃべっていた。一昔前であれば草食系男子と言われたキュートな顔立ちだが、三十歳になったいま、男らしさがだいぶ加味されてきた。そんな彼を真向かいに座る小太りのオジサンが、優しい笑みを浮かべ、じっと見守っている。放送作家の加野《かの》だ。

「曲、ぜんぶあったか」

ディレクターの堂島が声をかけてきた。ただしブースの中にいる藤尾に視線をむけたままで、植村を一瞥《いちべつ》もしない。

いかん、いかん。藤尾涼太に見蕩れてる場合じゃなかった。

「ありました」と答えながら、植村はCDプレーヤーに駆け寄り、CDをセットする。

「セット番号、教えて」

訊ねてきたのはミキサーの一ノ瀬《いちのせ》だ。植村は間違えないよう、一言ずつハキハキと答える。彼は音響を調整したり、音質を整えたりする莫迦でかい装置、ミキシング・コンソール略してミキサーの卓の前に座っている。口数は少ないのに、ディレクターの堂島よりも存在感があった。

いまはフェーダーと呼ばれるつまみを動かしていた。やや俯いて話す藤尾の声がこもりがちになるのを、上手に拾おうとしているのだ。それから一ノ瀬は肩にかけたタオルで手を拭った。手の汗や脂で機材を汚さないようにするための気遣いらしい。

ミキサーなんて効果音をだしたり、エコーを効かせたり、ディレクターのキューで曲やジングルなどをかけたりするだけだと思っていたため、そんな微妙な調整までするのだと、植村は少なからず驚いてしまった。

しかも一ノ瀬が正しく調整したのち、送信所へ送られ、ラジオが放送されている。当たり前だがすごいことである。そう考えるとフェーダーを操る一ノ瀬の手が神々しく見えてくる。まさにゴッドハンドだ。いや、いくらなんでも言い過ぎか。

「そう言えばラジオをはじめるようになって、イメージ変わったっていう声をたまにいただくんですけど、ラジオでしゃべっているときのぼくが、素の藤尾涼太ですから。あのぉ、くれぐれも映画とかドラマにぼくがでてるのを見ても、このラジオのぼくとは切り離して見てくださいね。作品にでているときのぼくはフィクション。あくまでも役なんで。現実には変身してスーパーヒーローにもなりませんからね」

植村は思わず吹きだしてしまう。堂島と一ノ瀬、それに小園からも笑いが洩れる。

藤尾涼太は高校時代、男友達の買い物に付きあい、はじめて訪れた表参道で、いまの芸能プロ、ブライトプロモーションにスカウトされた。そしてファッション雑誌の専属モデルをしていたところ、二十歳前に『閃光戦隊《せんこうせんたい》シャイニンジャー』の主役のヒカル／シャイニンレッドに抜擢《ばってき》、デビューを果たした。よもやシャイニンレッドと仕事をするなんて、植村は夢にも思わなかった。

「はい、ということで改めまして、来週『藤尾涼太のオールナイトニッポン』は記念すべき百回！」

　藤尾が言うと、堂島をはじめ、サブルームのみんなで手を叩いた。ブース内の加野もだ。

「そんな節目に募集するメールはこちら。『メェモォリィィィイ』。これまでの放送で、あなたが覚えている印象的な回を教えてください。念を押しときますが、〈実在する回〉を送ってくださいね。いいですか。〈実在する回〉ですよ。大事なことなので、もう一度言います。〈実在する回〉です。これだけ言えば賢明なるリスナーであれば、ぜったい〈実在する回〉を送っていただけることでしょう。さらにリスナーが送ってくれたストーリーをわたくし、藤尾が即興かつガチで演じるラジオドラマ『千夜一夜物語』の原案もいつもどおり募集しております。宛先は〈fujio@allnightnippon.com〉、〈fujio@allnightnippon.com〉です。メールの件名はそれぞれ『メモリー』『千夜一夜物語』でお願いします。それでは参りましょう、『藤尾涼太のオールナイトニッポォオォン』」

　一ノ瀬のゴッドハンドによって、藤尾の声にエコーがかかる。直後に『ビタースウィートサンバ』が流れだす。リスナーだった頃からさんざん聴いてきた曲だ。それでも聴く度に胸が高鳴ってしまう。きみはひとりではないんだよと励まされている気がしてくるからだろう。

藤尾のトークがふたたびはじまる。いつもここでは近況について軽く触れることが多い。今日もそうだった。はじめてコントに挑戦することになったものの、来週が収録なのに脚本があがってないばかりか、内容さえさだかでないので気が気でないと愚痴めいたことを笑いながら話していた。だれとコントをやるかはまだナイショですがお楽しみにと話を締めて、曲紹介をする。

そして藤尾はヘッドホンを外し、なおかつ手元のカフボックスのレバーを下げてオフにした。これで彼の声が放送に乗ることはない。

「失礼します」

ブースとサブルームのあいだにある防音ドアを開き、小園がブースへ入っていく。その手には藤尾のための飲み物と喉ケアグッズ一式がある。彼女のあとを追うようにして堂島も入っていき、紙を数枚、加野に手渡すのが見える。植村が選んだコーナー宛のメールだろう。

植村はＡＤ席にあるノートパソコンを覗きこむ。気の早いリスナーから百回おめでとうというリアクションメールがつぎつぎと届いている。

「ごめんなさい、ぼくね、ちょっとトイレいってきます」

ブースのドアが開き、そう言いながら加野がでてきた。

「一分ないよ」堂島が引き止めるように言う。「っつうか、なんで番組はじまる前にいっとかなかったわけ?」

「いったんだよ。でもまたいきたくなっちゃったの。すぐ戻るからさ。あとごめん、『千夜一夜物語』にグラスの中で溶ける氷の音が欲しいんだ。カランって感じの。準備できる?」

「え?」

え? 堂島とおなじタイミングで、植村も胸の内で声をあげる。

「よろしく」加野はサブルームを抜け、スタジオをでていってしまう。

「夜分に大変申し訳ございません」小園の声が間近で聴こえる。いつの間にかブースからでてきて、スマホでだれかと話をしていたのだ。「はい、左様でございます。いいえ、とんでもない、藤尾も大変よろこんでおります」

「植村っ」堂島の鋭い声が飛んでくる。

「はいっ」返事をしてすぐに振りむく。「グラスの中で溶ける氷の音ですね」

「そうだ」

「フリー素材にあるはずじゃない?」と言ったのは一ノ瀬だ。「以前、べつの番組のジングルで使った」

「さがしてみます」植村はパソコンの前へ移動する。そこへ加野が戻ってきて、ブースへ飛びこむように入り、防音ドアを閉めた。

「それじゃ曲おわりで、提《てい》クレお願いしまぁす」

ディレクター席に座った堂島が、ガラス越しで藤尾にむかって言う。つづけて右腕を伸ばし、手を広げた。植村は〈グラスの中で溶ける氷の音　効果音〉で検索をしながら、その様子を横目で見る。
3、2、1。
堂島が藤尾にキューを振った。


「ということで、今夜の『千夜一夜物語』はいかがだったでしょうか。ハードボイルド調のお話で、めっちゃシブくてかっこよかったですね。テレビや映画でもこういう役を演じたいんですけど、ぼく、ベビーフェイスだからなぁ。駄目かなぁ。どうです、小園さん。そういう仕事、持ってきてもらえませんか」

藤尾涼太の屈託のないおしゃべりに、松坂政司《まつざかまさし》は布団の中で声を忍ばせて笑う。両親が起きてきたら厄介だからだ。叱られるだけではなく、ラジオを奪われかねない。いまの政司にとって、ラジオを聴くことは唯一の生き甲斐《がい》なのだ。小園さんが藤尾のマネージャーであることを、政司は知っていた。『藤尾涼太のオールナイトニッポン』第一回目からかかさず聴いているのだから当然だ。ブースにいる藤尾が、サブルームにいる小園に話しかけるのは定番なのだ。

「そろそろお別れの時間となりました。ほんと二時間なんて、あっという間ですね。それにしても今日はいろいろとぶっちゃけ過ぎちゃいましたね。だいじょうぶかなぁ、ぼくの芸能生活。このあいだなんて、とあるテレビ局の廊下で、前に共演したことがある大御所俳優さんに声をかけられましてね。このラジオを毎週、楽しみに聴いているって言うんですよ。そのときはすかさず、ありがとうございますって言ったけど、あれってよくよく考えたら、俺について余計な話をするなって釘を刺されたんじゃないかと。あ、これこそ余計なことですね。はは。やっぱいなぁ」

だれだろ、大御所俳優って。

スマホがあればネットで検索ができるのだが、そうはいかなかった。ちょうど一週間前、父親にスマホを取り上げられたからだ。ツイッターやインスタなどSNSはやっていないし、ほとんど見ない。カノジョどころか友達もいないので、春休みになってもLINEやメール、電話などで連絡を取りあったりしない。スマホがなくていちばん困ったのは、ラジオを聴けないことだった。

だがその日の夜、小学五年生のときに亡くなった祖父の遺品として、トランジスタラジオを祖母からもらったのを思いだした。そして自室を小一時間さがしまわり、クローゼットの上の棚の奥の奥にあるのを見つけだした。幸いイヤホンは付いていたし、単四電池は目覚まし時計のを使った。

「それでは最後の曲、かけましょうか。銀杏BOYZで、『夜王子と月の姫』」

中学時代、政司はつねにトップクラスの成績だった。トップを取れなかったのは、スポーツが苦手で音痴だったため、体育と音楽の成績が人並み以下だったからだ。それでも偏差値七十を超える県内一の進学校に入ることができた。

だが政司にすれば、これが地獄のはじまりだった。一学期の成績はそこそこで、これから頑張ればいいと両親に言われた。なのに二学期の成績は下がってしまい、クリスマスプレゼントとお年玉はもらえなかった。そして一週間前の修了式でもらった三学期の成績は、悲惨の一言に尽きた。学年順位が下から数えて三番目だったのである。政司自身は、自分よりも成績が悪いヤツがふたりもいるのかと驚いたくらいだったが、両親はその現実を受け止め切れず、愕然とするばかりだった。とくに父はヒドかった。成績を見るなり「なにかの間違いじゃないか」と呟いたあと、しばらく言葉を失っていた。間違いのはずがない。それが正真正銘、政司の実力なのだ。そして春休みは勉強に専念しろと、父親にスマホを取り上げられたのである。

一学期のなかばあたりから、どれだけ熱心に授業を受けたところで、半分も理解できなくなってきた。国語や社会科はまだかろうじてわかるものの、英語や数学はまるでついていけず、物理などは壊滅的だった。中学の頃と同様に予習復習をかかさずしたところで無駄なのだ。まるで頭に入ってこないのである。

それでも二学期の期末試験までは、報われない努力はないはずだと頑張ってみた。

しかしいざ試験になると駄目なのだ。問題を読めば間違いなく勉強してきたことだとはわかる。それでも答えをだそうとすると、頭が真っ白になる。数学の公式や英語の文法などがでてこないというか、消えてなくなってしまうのだ。自分の不甲斐なさに、試験中にもかかわらず涙が溢れでることさえあった。

三学期は遂に諦めの境地に達した。授業ではノートも取らず、ぼんやりと時間が過ぎ去っていくのを待つだけとなった。校内のだれもが自分より頭がイイのだと思うと、自分だけどこかに取り残されているようで、辛くてたまらなかった。かといって家に引きこもることもできず、嫌々ながら毎日学校に通わざるを得なかった。この寂しさを紛らわしてくれるのは、ラジオだけだった。とくに『藤尾涼太のオールナイトニッポン』は政司にとって、なによりの癒やしだった。藤尾涼太が自分ひとりにむかって話しかけてくれているように思えるからだ。

実際、直《じか》に藤尾涼太と言葉を交わしたことがある。十年も昔だが、いまも政司は鮮明に思いだすことができた。当時六歳の政司にとっては藤尾涼太ではなく、閃光戦隊シャイニンジャーのレッドに変身する、ヒカルだった。突然、目の前にあらわれた彼は、政司にむかってこう言った。

きみ、このへんの子かな？

「最後にひとつ、お訊ねしてもよろしいでひょうか」

「でひょうかって」加野が呆れながらも心配した様子で訊ねてきた。「だいじょうぶ、植村さん？　呂律が回ってないよ」

「だいじょうぶでふ」

ほんとだ。まともにしゃべれていないぞ、私。

酔っ払っているのだ。さほど呑んではいない。まずは生ビールで乾杯、そのあとは黒ホッピーの焼酎割を三杯呑んだだけだ。

四杯だったかな。それとも五杯？

酒の量よりも昨日の夕方から今日の午前三時過ぎまで働き詰めだったせいかもしれない。

『藤尾涼太のオールナイトニッポン』九十九回目のオンエアがおわり、藤尾とマネージャーの小園を見送ったあとだ。

ひさしぶりにみんなで呑みいくか。

そう言ったのはディレクターの堂島だった。みんなとはミキサーの一ノ瀬に放送作家の加野、そして植村だった。ただしひさしぶりもなにも、植村はそのうちのだれとも呑みにいったことがなかった。そもそも夜中の三時半過ぎに開いている店があるのかと訝《いぶか》しく思いながら、会社をでて、堂島達のあとをついていった。

辿り着いた先は有楽町《ゆうらくちょう》方面のガード下にある、二十四時間営業の居酒屋だった。さすがにどこの店も閉まっている中、煌々《こうこう》と灯りが点《つ》いていた。思ったより客が多く、化粧が濃くて香水の匂いがキツめのオネーサマ方が目立った。植村としては今日の『千夜一夜物語』の舞台となったオトナなバーを思い描いていたので、ちょっとがっかりだった。しかし魚介を中心とした料理はどれもうまくて箸が止まらず、思わず酒も進んでしまったのだ。

「俺になにが訊きたいんだ？」真向かいに座る堂島が訊き返してきた。焼き魚の骨に残った身を、箸で器用に取りながらだ。「なんでも答えてやるから言ってみな」

「藤尾さんにラジオをやらせようとしたのは、堂島さんなんですよね」滑舌に気をつけながら、植村は訊ねた。「その理由をお聴かせください」

「酔っ払ってるわりには、ちゃんとした質問をするんだね」と加野が笑う。一ノ瀬はいない。ついいましがた一服してくると、表へでていったのだ。

「最初の企画では、プライベートが見えないひとにしゃべってもらうっていうのがあってね。芸人だとほとんどが自分の人生を切り売りしているからさ、となるとミュージシャンか役者さん、それもツイッターやインスタをやっていないひとからさがしだすことにして、コンサートや芝居へ足繁く通っていたんだ。そのうちのひとつに、加野さんの薦めで、二十代の役者を中心にキャスティングされた、シェイクスピアの『夏《なつ》の夜《よ》の夢《ゆめ》』をふたりして見にいったことがあって。あれってシモキタの本多劇場だったよな」

「そうそう」堂島に同意を求められ、加野はコクコク頷いた。「ぼくとしてはべつの役者さんを推してたのよ。元はアイドルグループのひとりだった女性をね。だけど芝居がおわったあと、堂島さんが妖精のパックを演じた役者はだれだって、鼻息荒くして訊いてきたわけ」

「あんときは閃光戦隊シャイニンジャーのレッドだとさえ気づかなかったからな。それ聴いていつの間にこんなウマい役者になっていたんだって、めっちゃ驚いたよ」

堂島は骨から取った身を小さな山にして、箸でつまんで口に入れた。「いたずら好きの妖精を嬉々として演じる姿に、なんていうか、本来の彼が見え隠れしているように思えたんだ。声もよかった。すっと耳に入って、心にまで届く、いつまでも聴いていたい滑《なめ》らかな声でさ。このひとから、どんな言葉がでてくるのか興味を持ってね。会社に企画書をだしたら、これがなぜかすんなり通って、藤尾さんの事務所に打診したところ、前向きな答えが返ってきて、本人に会ったら、ラジオ好きだって言うじゃない。早速、デモ録音をしてみたんだが」

饒舌《じょうぜつ》に語る堂島を遮るように、加野がゴホゴホと噎せた。

「だいじょうぶでふか、加野さん」

「ごめんごめん、呑んだサワーが気管のほうに入っちゃった。やだね、年取ると」

まだ少し咳をしながら、加野は植村に言った。「それよか、植村さん。堂島さんがどんなラジオをやっていきたいかって話、聴いたことはある？」

「ないです」植村は堂島を真正面に見据えた。「どんなラジオですか」

「植村はカフボックスのカフって、日本語でなんて意味だか知っているか」

「咳じゃないですか」植村は即答する。これでも学生時代は英語が得意だったのだ。

「そのとおり。ブース内のパーソナリティが咳をしたいときに自らマイクをオフにできるために取り付けられたものなんだ。だが他にもスラングで口を割る、すべてを話す、白状するっていう意味もあってな。俺としてはカフボックスのレバーをあげたとき、パーソナリティにはその言葉どおり、自分の内面をすべて話してほしいと思っているんだ。そうすることで思ってもみなかったトークが生まれ、思いもしなかった人間の一面を感じられることがある。俺が目指しているのは、こうした人間が感じられるラジオだ。ディレクターである俺の仕事は、パーソナリティを含めたチームぜんたいが、そんな人間が垣間見える瞬間に到達できるよう、状況を整えることだと思っている」

「ぼくはこの堂島さんのモットーっていうか、心意気に共感したんだよ。だからこうして長くタッグを組ませてもらってるってわけ」

「私もおなじ意見です」植村は思わず力んで言ってしまう。「私もディレクターになったら、そういう番組づくりを」

「野々宮《ののみや》さんがきたぞ」一ノ瀬が走って戻ってきた。「こんな時間までなにしてたんだろ、あのひと」と加野。「だれといっしょ?」

「ひとりきりだ」一ノ瀬は堂島の隣に座る。「どうする?」

「どうするもなにもないさ」堂島は力なく笑う。「ここの伝票、渡せばいいんじゃないか」

野々宮は堂島の三期先輩だ。やはりディレクターだったが、数々の人気番組を手がけながらも、いつしか現場を離れ、営業部やらエンターテインメント開発部やらを経て、三年前からオールナイトニッポンぜんたいのプロデューサーに就任した。

つまり植村にすれば上司に当たる。しかし入社してからほとんど話をしたことがないし、それどころかどういう仕事をしているのかも、いまいち把握できていなかった。社内のあちこちでよく見かけはした。

野々宮を見る度に、植村はカピバラを思いだす。それもちょくちょくニュース番組などで流れる、湯に浸かったカピバラだ。一時期、金髪にして粋がっていたのだが、社内でもトップクラスのおえらいさんに注意され、黒髪に戻っていた。それでも耳が隠れるほどの長髪で、大昔に流行ったグループサウンズのメンバーみたいだった。とは言えメインボーカルではない。

プロデューサーなので、番組内容に直接、かかわることはなかった。だがオンエア中のスタジオにひょっこり顔をだし、古参のパーソナリティにイジられたりしているらしい。らしいというのは、藤尾涼太のオールナイトニッポンにきたことがないからだ。堂島と仲が悪いとの噂は耳にしており、そのせいかもしれない。

野々宮が店に入ってきた。しばらく店内を見回し、その視線を植村達のところで止めた。それだけではない。

「よぉ、堂島っ」と手をあげ、近寄ってきたのだ。「やっぱここにいたか。おまえに折り入って話したいことがあるんだ。すまんが、べつの席にいこ。な？」

「それで大人になったいまとなっては夜な夜な思ってることをしゃべれるこの場所が支えなわけです。一応社会の一員として、法律守ったり納税したり、真面目なフリして生きてるけど、なぜかっていうと、ラジオを取り上げられたくないからだもん。ハハハ」

だれだろ、このひと。

そう思いながらも、十三歳の植村はラジオに耳を傾ける。

いつもどおり十時には自室のベッドに横になって眠ったものの、三十分ほど前に目覚めてしまい、もう一度目をつぶったものの、なかなか寝付けぬままでいた。遂には寝るのを諦め、部屋の灯りを点け、漫画でも読もうかとしたところ、机の上にあるラジオに目がいった。学校の技術の時間につくったダイナモ発電式懐中電灯付きのラジオだ。今日、正しくは午前一時を過ぎているので、昨日、ようやく完成して持ち帰ってきた。イヤホンも付いているので、スイッチをオンにしてみると、だれかわからないオジサンの声が流れてきたのだ。

「これ、建前とか抜きにした本心から言ってますからね。だってラジオは本音がでるっていうでしょ。やっぱりね、毎週深夜にこのシンとしたブースに入って、マイクの前に座るとさ、こりゃカッコつけてもしょうがないなって思うもんね。リスナーと自分、一対一になると自然とさらけだしちゃうんだよね。だからいま聴いてくれているリスナー。きみもそんな本音のメールやハガキを送ってきてください。ええ、つづきましてメール。ラジオネーム〈まさか逆《さか》さまアンナ〉」

ん？　これって私じゃん。はじめて聴いたのになんで私のメールが読まれたんだ？　これは夢だ。私は十三歳じゃない、二十四歳だ。起きろ、私。目覚めるんだ。

二十四歳の植村は瞼を開いた。と同時に身体を起こす。いまいるのは自宅ではなく、ニッポン放送の六階、制作フロアで、植村はデスクにつっぷして眠っていたのだ。手元にあったスマホで時刻をたしかめる。〈21：30〉。二十一時三十分。

「やっば」

植村はデスクに散らかしたものを手元に集め、積みあげていく。パソコンからはじまって書類の束に筆記用具、十色はある付箋が入った透明ケースなど、けっこうな量だ。これを両腕で抱え持ち、忘れ物はないか見直す。するとデスクのサイドの開きっ放しの週刊誌が目に留まった。三日前に発売になったものだ。これを閉じて、荷物の上に載せ、オフィススペースから廊下にでていった。

これほどまで眠気に襲われるのには理由がある。植村は『藤尾涼太のオールナイトニッポン』以外にも平日昼間は生放送の帯番組、実力派ミュージシャンがパーソナリティを務める週イチ三十分の録音番組、局アナが聴き役で、政治や経済、国際情勢などを専門家が説明する硬派なポッドキャスト番組など、多岐に渡ってADを担当している。

そして今日から新たに一本、朝の情報番組にも入ることになった。前任のADが飛んでしまい、その穴埋めなのだ。十分弱のワンコーナーだが、スタジオではなく中継だった。都内および近郊にある飲食店を若手漫才コンビが食べ歩き、レポートするのだ。

これが想像以上に大変だった。植村は春日部《かすかべ》にある実家暮らしなのだが、四時起きで五時には春日部駅から、日比谷《ひびや》線直通の東武スカイツリーラインに乗って、ニッポン放送に出社し、中継の準備をして、中継車にディレクターと若手芸人ふたりと乗りこみ、中継先にむかわねばならない。

コーナーは午前十時半前後で、植村としては電車でもかまわないので、さっさと局に戻って、仮眠を取りたいところだ。しかし中継をおこなった店でみんな揃って昼食を摂りながら、次週の打ち合わせをするのが常だった。そこで植村はディレクターとともに、いくつか候補の店を挙げねばならなかった。漫才コンビの意見も取り入れたうえで店を決め、すぐさま交渉しにいくのもADの仕事だった。

今日の午後はその件で潰れてしまった。なにせ今日の中継場所が千葉《ちば》県の松戸《まつど》市で、次週が神奈川《かながわ》県の藤沢《ふじさわ》市と、移動だけで二時間近くかかった。そのあいだ電車の中で眠れたのはよかったものの、藤沢市の店は交渉に若干、手間取った。先に電話でアポを取った段階では好感触だった。ところが店長である男性と会い、順調に話が進んでいたところに、彼の母親が訪れ、私に相談もなしに勝手に話を進めるとはどういうことだと、親子喧嘩がはじまったのである。植村はふたりの仲裁に入ったうえで、母親の愚痴まで聴き、若いのにイイひとだねぇと褒めてもらい、了承を得ることができた。

そして会社に戻ってきたのは午後五時過ぎだった。仮眠を取る暇もなく、『藤尾涼太のオールナイトニッポン』の準備を進め、六時半にはオフィススペースの一角で、堂島、加野、一ノ瀬と百回目の打ち合わせをおこなった。とは言っても番組の流れについての確認のみだが、加野から『千夜一夜物語』の台本を受け取り、BGMとSEをつくっておくよう堂島に命じられ、植村は編集室に直行しなければならなかった。同時にジングルもつくり、なんだかんだで二時間近く、編集室にこもりっきりだった。それが済んだあと、十分だけでも眠れば、眠気が飛んで目が冴えるはずだと、自分のデスクに俯せになり、気づいたら三十分が過ぎていた。

改めてスマホを見る。堂島や加野、一ノ瀬からのLINEはなかった。ひとまずセーフだ。植村のスマホケースは手帳型で、その内側にステッカーが貼ってある。ラジオネーム〈まさか逆さまアンナ〉でメールが読まれたとき、ラジオ局から送られてきたうちの一枚だ。仕事が嫌になったり、辛かったりしたときは、これをじっと見つめ、おのれのラジオ愛をたしかめるのだ。

「植村っ」

「あ、はい」驚きのあまり、スマホのみならず荷物を危うく落としそうになる。どうにか両手で押さえて振りむくと、堂島が間近に立っていた。「お疲れ様です」

「これなぁ」堂島は週刊誌を手に取る。「やっぱ話題になってる?」

「そ、そうですね。わりとまあ」

「そっかぁ。まあそうだよなぁ。どうしよっかなぁ」

「あの、この記事って」堂島が週刊誌に載った記事について、なにか知っているのではないかと訊ねようとするが、できなかった。

「あっ。植村、いま忙しい?」

「えぇとですね」忙しくないはずがない。あんたが私を忙しくしとるんだろうが、だなんて口が裂けても言えっこない。それくらいの常識は持ち合わせていた。

「加野さんの台本があがんなくってさぁ。だからこれ」

堂島は植村が抱え持つ荷物の上に、クリップでまとめた紙の束を無造作に置いた。リスナーからのメールを出力したものだ。

「『メモリー』のメール選び、頼める?」

無理ですと喉まででかかったのを、植村は飲みこむ。いままで眠っていた引け目があったのだ。

「はいっ。だいじょうぶです」

「いつも以上にコーナーやテーマメールが多いんだよ。百回目だからっていうのもあるだろうけどさ。なのに」堂島は植村が持つ週刊誌を指差した。「その件に関するメールはほとんどないんだよね。そんだけ藤尾さんはリスナーに信頼されているっていうか、愛されているんだろうな。おっ、そうだ。付箋、もらっていい？」

「あ、はい」と植村が返事をする前に、堂島は透明ケースに入れた付箋を青と黄色の二色、抜き取っていく。

「ありがと。じゃあ俺、加野さんとこいるからさ」

本番前、放送作家の加野は六階にある第五スタジオに夕方過ぎから五、六時間はこもりっぱなしになるのが慣例だった。未使用のスタジオにこもって台本を書く放送作家なんて他にいなかった。加野自身の話によれば、なんでもたまたま一度使ってみたところ、アイデアが泉のごとく湧いてでてきたので、以来そうするようになったのだという。噂ではトイレの個室でないと一行も書けないという放送作家もいるらしいので、それよりはマシだと思うべきだろう。

「なんかあったらスマホか内線で連絡ちょうだい」

堂島は週刊誌をメールの束の上に載せて去っていく。引き止めようとしても遅かった。堂島は廊下の角を曲がり見えなくなっていたのだ。結局、藤尾涼太のスキャンダルが本当かどうか、訊けぬままにおわってしまった。

小さくため息をつき、植村は抱えた荷物を整え直し、ふたたび歩きだす。そしてエレベーターホールの前へむかうと、そこに面倒な人物が突っ立っていた。エレベーター待ちをしているだろう彼は、おなじ部署で一年先輩というだけで威張りちらす男だった。

「お疲れ様です」と軽く会釈《えしゃく》して通り過ぎようとしたものの、そうはいかなかった。

「おい、おまえ」

「は、はい」

「使わない会議室はバラしとけって言ったろうが」

「はい？」

「昨日の昼間、会議室三、押さえたのおまえだろ」

たしかにそうだ。堂島に命じられ、昨日の午後三時から五時まで、新番組の企画会議に使うため、会議室三を押さえた。ところが放送作家が体調を崩し、ズームでの参加もできないとのことで、急遽《きゅうきょ》取りやめになった旨を総務に連絡しなかったのだ。

「部屋ないって言ってたのに空いてたから俺が怒られちゃったじゃんかよ」

悪いのはたしかに植村だ。でもそんなに怒んなくたっていいじゃんかよと胸の内で文句を垂れる。なにかべつの件で上司に叱られ、偶然出会《でくわ》した後輩の植村に八つ当たりしているとしか思えない。ぜったいにそうだ。

「ちゃんと確認しとけよな。ったく」

吐き捨てるように言い、先輩社員がエレベーターに乗りこんでいく。

「すみませんでした」

植村は深々と頭を下げる。そしてドアが閉まったところで頭をあげ舌をだした。

このくらいはしないと気が済まないというものだ。

その先にある階段を下っていく。スタジオは四階なのだ。するとべつの面倒な人物が階段を駆けのぼってきた。堂島より四、五歳下の男性で、アイドル番組を得意とし、本人もアイドルオタクを自称するディレクターだ。悪いひとではない。でもやたら馴れ馴れしいのだ。いまもそうだった。植村を見つけるなり、口元を緩ませ、ニヤつきだしている。正直キモくてたまらず、踵《きびす》を返して逃げだしたいくらいだ。

「お疲れちゃぁあん」

「お疲れ様ですっ」

五階と四階のあいだの踊り場で植村は足を止めた。目の前にアイドルオタクのディレクターが、立ち塞がったからだ。

「あ、これこれ」彼の視線は週刊誌にむけられていた。「大変だねぇ、藤尾くんも。この話、今日、しゃべるの？　堂島さんからなんか言われてる？」

「いえあの、なにも」

「なんだ。そうなの。あっ、これあげる」提げていた紙袋からCDを数枚だすと、週刊誌の上に重ねた。彼が担当する番組のパーソナリティの新曲のようだ。「いっぱいもらっちゃってさ。どれもいい曲なんだ。振り付けもかわいくってね。よかったら堂島さんに頼んでかけてくんない？　ね？　よろしくちゃん」

アイドルのCDのおかげで抱えていた荷物のバランスが悪くなったので、これまた整え直しながら、階段を下りていった。四階に辿り着くと、オフィススペースを通り抜け、第二スタジオを目指す。

途中にあるテーブルを別番組のスタッフ数人とパーソナリティが囲んで楽しそうに談笑している。ところが植村に気づくと、会話が止んでしまった。どうしたことかと思っていると近づくにつれ、テーブルに藤尾涼太の記事が載った週刊誌が置いてあるのが見えた。たぶんいままで、その話題で盛り上がっていたのだろう。こんなAD風情に気を遣っていただき申し訳ないッスと思う。

まったくもってやれやれだ。

植村は第二スタジオに入る。まだだれもいない。抱え持つ荷物をひとまずサブルームのテーブルに置き、AD席に腰を下ろした。ふぅとため息をついてから、椅子を引いてテーブルに近づく。そして荷物に挟まった紙の束を引き抜き、『メモリー』のメール選びを始める。どれも甲乙をつけがたい力作ばかりで、よくもまあ、これだけくだらないこと（←誉め言葉）を思いつくものだと感心してしまう。一読して声をあげて笑ったメールに丸をつけていく。リスナーの熱量をひしひしと感じるときであり、このひと達のために頑張ろうという気持ちにもなる。悩んだ末にどうにか選び抜き、よしっと立ち上がった瞬間だ。

「あぁあぁぁ」

荷物が崩れ、床に落ちてしまう。かろうじてパソコンだけは両手で押さえることができた。

やんなっちゃうな、まったく。

植村は小声で呟きながら、テーブルにあったヘッドホンを装着し、あるはずがないマイクに口元を寄せる。すると他人には見えないオンエアのランプが点灯した。

「えぇぇ、こんばんは、ニッポン放送AD、植村杏奈です。本日も他ならぬ私を鼓《こ》舞《ぶ》するため全国ゼロ局ネット、ドメスティックにお送りしております。あ、もうADって言わないほうがいいんでしたっけ？　まあ呼び方はともかくとしてですね。ラジオの仕事がこんな大変だったとは思ってもなかったよっ。だって忙しくてラジオも満足に聴けないという矛盾っ。そしてなにかが起こりそうな放送日、ワクワクよりスタッフとしてのハラハラが勝ってしまうこの世知辛《せちがら》さ。とくに今回はこれ、これですよ」

植村は週刊誌を手に取って、藤尾涼太の記事のページを開き、パンパンと叩く。

「『藤尾涼太のオールナイトニッポン』、めでたい第百回目放送の日ですよ？　そんなときに週刊誌に写真でます？〈藤尾涼太、自宅マンションでお泊まりデートか。早朝、美女と連れ立っておでかけ〉。いやぁぁぁ、これ藤尾さんですかね」

記事の写真をしげしげと見る。いまいちピントがあっておらず、男女いずれの顔もぼんやりとして、はっきりわからない。ただし女性のほうはえらく奇抜《きばつ》なデザインの服装であることは、シルエットだけでもわかった。三日前に発売になった週刊誌を、植村は今朝、手に入れた。というか渡された。若手漫才コンビのツッコミが、藤尾の記事の頁を開き、この女性、植村さんちゃいますかと言ってきたのである。

「藤尾さんではあるかぁ。いやべつにね。いいんですよ、恋人がいたって。っていうか藤尾さんも三十歳、いないほうが不自然ですもんね。それに私、ファンじゃないですし。でもこの記事は事実ではないと思います。だってラジオでいままでそんな話、一回もしたことないですもん。だってそうでしょう？　藤尾さんに恋人がいたのに、そのことを我々リスナーに話してくれなかったなんて、そっちのほうが大問題ですよっ」ばんと音がでるほど勢いよく週刊誌を閉じて、傍に置く。「と、に、か、くっ。今日の放送を待つしかありません。きっと私達リスナーには本当のことを話してくれますっ。それにほら、こういうときって逆に神回が生まれたりするでしょっ。そうですよ、きっと加野さんも、今夜のためだけの特別構成を考えてるんですっ。だから今日は特別に台本が遅いんです。そうだ、そうにちがいない。うん。神回が生まれる瞬間に立ち会える、そう思うとやる気スイッチが」

そこで植村は我に返った。スタジオの扉が開いたのだ。入ってきたのはミキサーの一ノ瀬だった。

「お疲れ」

「お、お疲れ様です」

一ノ瀬は植村の前を通り過ぎ、ミキサー卓の前までいくと、ぴたりと動きを止め、周囲を見回しだした。

「な、なにか?」

「ここ、前になんか番組やってた?」

「いえ、しばらく空いていましたけど」

「そっかぁ?」一ノ瀬は首を傾げる。「なんかワァンワァンって残響みたいなのが鳴ってる気ぃするんだ。植村さんはどう?」

「へ?」

全国ゼロ局ネット、植村杏奈の脳内ラジオが口から洩れでていたのかと心配になり、身体に緊張が走る。

いや、そんなはずは。

「ただの気のせいか」一ノ瀬はミキサー卓の前にある椅子に、どすんと座りこんだ。

「今夜の台本はある?」

「それがまだ、もらっていないんです。たぶん報道のことでバタバタしているんじゃないかと」

「それにしても遅いね」

一ノ瀬が不審そうに言うので、植村はサブルームの時計に目をむけた。

「え、もう十一時？」メール選びに夢中で気づかなかったのだ。「すみません、私、進捗訊いてきますっ」


植村は階段を駆け上がっていく。しかも一段飛ばしだ。学校だったら先生に叱られ、教員室に呼びだされているだろう。社員は、とくにADはエレベーターを使うことは滅多にない。待っている時間がもったいないからだ。

六階に辿り着いてから、堂島と加野がいる第五スタジオへむかう。その途中だ。

「すみません、私の口からはなんとも言えないんですよぉ。ほんと申し訳ありません」

藤尾のマネージャー、小園の声がする。廊下の途中で足を止め、辺りを見回すと、だれもいないカフェスペースの片隅に彼女を見つけた。こちらに背をむけ、スマホを耳に当てている。

「いずれ事務所から公式の発表があると思うので、はい。そうです、もちろんオールナイトニッポンはこの後、いつもどおり生でお送りします。いやぁ、どうでしょう。ラジオに関しては本人と番組さんに任せてますので、これもなんとも」

電話の相手はだれだろう。馴染みの芸能レポーターかもしれない。

馴染みと思っているのはむこうだけで、私にとっては天敵みたいなもんです。だけど映画やテレビドラマなどの宣伝の際には協力してもらえるので、邪険にはできないんですよねぇ。

いつだかのミーティングで、小園が冗談まじりに話していたのを思いだしていると、カフェスペースに野々宮があらわれた。例の週刊誌を小脇に抱え、忍び足で小園に近づいている。

なにやってんだ、あのひと。

「あ、すみません。別件の電話がかかってきてしまいまして。はい、では失礼します」

スマホを耳から離しタップすると、小園は大きなため息をついた。キャッチが入ったふりをして強引に切ったのだろう。だが彼女の災難はまだつづく。

小園さん、うしろうしろっ。

「どうもっ」

「わっ。わわわわ」

野々宮に声をかけられ、小園は飛び上がらんばかりに驚いている。

「大変そうですなぁ」

「いえ、あの」

「こんな不倫みたいに報じなくたってね。べつに恋愛禁止ってわけでもないでしょ？」

野々宮は週刊誌を開き、小園のほうにむける。デリカシーがないひとだなぁと思いつつ、植村は物陰に隠れて様子を窺う。やはり藤尾のことが気にかかるからだ。

「ええ、まあ、そうですね」

「しかし藤尾さんも意外な趣味と言いますか、こちらの女性」野々宮は週刊誌をしげしげと見つめる。「なかなか奇抜な恰好してますよね」

私もそう思ったよと植村は内心で呟く。

「そ、そうですか」なぜか小園は怒ったような口ぶりになる。「奇抜ってほどではないと私は思いますが」

「ぶっちゃけ、だれなんです？」

野々宮が唐突に訊ねた。流れで小園がうっかり名前を漏らすとでも思ったのだろうか。しかしそんな手に乗るような彼女ではない。

「私はまったく」ときっぱり言い切っている。

「知りませんかぁ。そうですかぁ。でもまあ今日の放送はふだん聴いてないひとも、いっぱい聴きますよねぇ。ここは藤尾さんの腕の見せどころ、ピンチはチャンスですもんねぇ？　ハッハハハハハ」

野々宮の白々しい笑い声がカフェスペースの隅々にまで響き渡る。

「小園さん」それまでの軽さから一転、野々宮は神妙な口調になる。だがどこか芝居がかって胡散臭い。「今日、佐々木さんってきます？」

佐々木とは小園の上司であり、藤尾のチーフマネージャーだ。たしかにこれだけのことがあれば、きてもおかしくはない。

「すみません、今日は私だけで」

「ちょっと相談したいことがありましてねぇ」野々宮は週刊誌を丸めて、ぽんぽんと自分の肩を叩きだした。「こういう報道もあったりしたし、タイミング的には逆にね。あのことを考え直してもいいのではと」

「そういうことはやはりチーフの佐々木でないと。そろそろ藤尾が入りますので」

「でもその佐々木さんがこないのであれば、あなたに」

「まずは目の前の仕事をこなしませんと。それこそ私が佐々木に叱られてしまいます。ではっ」

やばいやばいやばいやばい。

小園が野々宮を振り切って、カフェスペースをでてきたのだ。このままだと出会して、立ち聴きしていたのがバレてしまう。植村は第五スタジオにむかって走りだす。

いったい、なんだろ、あのことって。

気になる。入社して二年目、ぺーぺーの自分の耳に入ってこないことは多い。要するにまだ信用されていないのだ。そう考えると悔しくてたまらない。堂島にしたってそうだ。我々はチームだと言いながらも、なにか大事なことをナイショにしている気がしてならなかった。

「うわっ」

角を曲がろうとしたところ、危うくひととぶつかりかけた。相手はバイク便の配達員だった。帽子を目深《まぶか》に被り、ゴーグルみたいな眼鏡に立体マスクをしており、「ごめんなさい」と小声で詫びてきても性別はわからなかった。

「こちらこそ」と植村が言ったときには、配達員は走り去っていた。

「あれ？」

第五スタジオまで辿り着き、ドアノブに手をかけたが、開かなかった。鍵がかかっていたのだ。

「すみませぇぇぇん」植村は扉をコンココンコンコンとノックする。「植村ですぅ。堂島さん、いらっしゃいますかぁ」

「待ってくれぇ」

堂島の返事のあとに、内側から鍵を外す音がして、扉がゆっくり開いた。ただしほんの僅か、二十センチ足らずだ。その隙間から堂島が顔をのぞかせる。

「どうした？」

「もう十一時ですよ。そろそろ台本を」

「もちろんできてるさ」

「でしたら」植村は中に入ろうとドアノブを引く。しかし扉はそれ以上開かなかった。堂島が内側から引っ張り返したのだ。

「なにしてんですか、堂島さん」

「なにってなんだ」

「中、入れてくださいよ」

「どうして？」

「だから台本を」

「お疲れぇ」

　堂島の背後から加野の声がする。そしてふたりは同時に部屋からでてくると、ばたんとドアを閉めてしまった。結局、植村は室内の様子を見られずじまいだ。

「ごめん、遅くなって。はい、これ」加野は賞状でも渡すかのように、両手で台本を差しだしてきた。『千夜一夜物語』の決定稿もいっしょなんで」

「ありがとうございます」

　植村も両手で受け取る。すると加野の右肩に、オレンジ色の付箋がくっついているのに気づく。

「加野さん、肩」

「え?」加野が自分の左肩に触れる。

「いえ、右のほう」

付箋に〈D－2　週刊誌を持ってくる〉と書いてあるのが読めた。植村が手を伸ばしたところ、堂島が先に取って、ズボンのポケットに突っこむ。週刊誌って、例の週刊誌?　と思いながらも、植村は台本をペラペラとめくって目を通す。

オープニング、タイトルコール、提クレ、一曲目でCMいってからコーナー。待てよ。待て待て。

「これあの」

「ん?」と加野。

「なんだ?」堂島が訊ねてくる。

「ふつうですね」

「ふつうのなにが悪い」

「悪いなんて言ってません」堂島に言われ、植村は首を横に振る。「でも百回目だし、報道があったりしたし、特殊な構成にするのかなって」

「節目の回だからこそ、いつもの空気感をだそうと思ったの」曖昧な笑みを浮かべて加野が言う。言い訳に思えなくもない。「リスナーも、ゲスト回より通常回のほうが好きだったりするじゃない?」

「いやでも、いつもよりいつも過ぎるというか」

「植村ならどうしたい？」堂島が挑発するように言う。「今夜の放送」

「いやあの」植村は答えることができなかった。とくにアイデアがなかったからだ。これでは反論しても意味がない。「とりあえず恋愛報道については、まだ事務所の回答もありませんし、今日のラジオでしゃべってくれるんですよね？」

「そのへんのことは藤尾さんとの打ち合わせ次第だな」堂島はスマホに視線を落とす。「小園さんからだ。藤尾さん着いたらしい。お出迎えにいこう」

第五スタジオとおなじ六階には控室がある。エレベーターであがってくるはずなので、堂島を先頭に、エレベーターホールへむかって歩きだす。

「おっと忘れるとこだった。植村さん」加野が話しかけてきた。「『千夜一夜物語』なんだけどさ。ＳＥとＢＧＭが増えちゃって」

「え？」植村は歩きながら、ふたたび台本をめくる。

「いやぁ、ごめん。ラスト壮大にしたくなっちゃって。ピンクの蛍光ペンで囲んであるところが追加の部分ね」

ざっと見ただけでもけっこうな量だ。

「藤尾さんとの打ち合わせのあとに頼んだぞ」堂島が念を押すように言う。「だいじょうぶか」

「はい、わかりました」植村は元気よく返事をする。駄目です、できませんとは言えない。

エレベーターホールには先客がいた。

「おおう」こちらにむかって左手を挙げる。野々宮だ。右手に丸めて持っているのは例の週刊誌にちがいない。「お疲れ、お疲れ」

「なにしてるんですか」堂島は不審そうに言った。

「なにって今日は栄《は》えある百回目だからな。顔見せなきゃマズいだろ」野々宮は週刊誌の表紙をむける。「これの話も聴きたいし。あとあれだ。あのこととの相談もな」

またでたぞ、あのこと。

「もう決まったじゃないですか」

「なんだよ。おまえはこっちサイドにノッてこなきゃダメな話だろ」

「今日、おわったらでもいいですか」

「いやいやいや。早いほうがいいだろ、こういうことは」

「でも打ち合わせとかあるんですよ」

「すぐおわらせろ、そんなもん」

「莫迦言わないでください」

堂島がムッとしているのがわかる。昔で言う熱血漢で、ラジオに対する愛情は人一倍強い。出世して管理職におさまり、デスクワークの日々を暮らすよりは、平社員でいつまでも現場にいたい人間なのだ。番組の打ち合わせをそんなもんなんて言われたら、怒るのも当然だ。しかし声を荒らげるような真似はしない。むしろ声は低くなり、噛んで含めるように、ゆっくりとした口調になる。いまがそうだ。

「いま自分で言ったでしょう。栄えある百回目なんですよ。いつも以上に時間がかかると思います」

「いや、でも」

野々宮が反論しかけたとき、チィインと軽快な音とともにエレベーターの扉が開いた。そこに藤尾がいた。さすがファッション雑誌の専属モデルだっただけあって、流行の服をさりげなく着こなしている。後光が差しているとまではいかずとも、スターとしてのオーラはじゅうぶんだ。台本を開いて、読んでいる最中だったらしい。そのうしろには小園が控えていた。

「おはようございます」

練習をしたかのように、堂島、加野、野々宮、そして植村の声が揃う。

「どうしたんですか」藤尾は台本を閉じて抱え持つ。「みなさん、お揃いで」

「百回目ですから」と堂島。

「緊張しちゃうなぁ」

「またまた」これは野々宮だ。

「今日もよろしくお願いします」藤尾が丁寧にお辞儀をする。こちらの四人も彼より深く頭を下げた。

「じゃ、控室に」と堂島が誘導する。

「台詞覚えですか、それ」

藤尾が抱え持つ台本を指差し、野々宮が訊ねた。

「あ、はい。今度、コントグループの茨城《いばらき》029さんと共演することになって、収録が明日の午後イチなんですが、いまさっき台本が送られてきたばかりなんで」

「明日の午後イチ？　そりゃ大変だ。とてもじゃないけど、ぼくにはできませんわ。それで」

「藤尾さん」堂島がふたりのあいだに割りこむ。「今日の放送についてなんですけど」

「はい、なんでしょう」

「控室のほうで」

堂島の先導で廊下を右に曲がり、だれもいないオフィススペースへ入っていく。控室はこの奥なのだ。

「それで藤尾さん、あのことなんですが」

野々宮がなおも食い下がる。そんな彼を藤尾から引き離そうと堂島は腕を伸ばして、行く手を遮ろうとした。しかし野々宮も負けてはいない。数台のデスクが向き合って並ぶ島を駆け足で迂回《うかい》する。どうやら先回りをして、控室の前までいこうという作戦らしい。しかし堂島も負けてはおらず、小走りになる。

大のオトナがなにやってんだか。

植村はあきれてしまう。結局、控室前には堂島と野々宮、同時にゴールした。

「はい、ごめんなさい」

そんなオジサンふたりのあいだに小園が割って入ると、控室のドアを開き、藤尾を招き入れた。それだけではない。堂島と野々宮が入ってこないよう、仁王立ちになる。つねにタレントを優先する態度はマネージャーの鑑《かがみ》だ。

「藤尾さんっ」堂島と野々宮が同時に名を呼んだ。

「はい？」控室のテーブルに鞄を置きながら、藤尾が返事をする。

「打ち合わせいいですか」と堂島。

「あのことでちょっとお話が」これは野々宮だ。

「誠に申し訳ありません」小園が内側からドアを徐々に閉めながら、言葉どおり申し訳なさそうに、それでいながらやや威圧的に言う。「藤尾は少々立て込んでおりまして、打ち合わせ、放送前でもよろしいですか」

「放送前と言うと」

堂島が訊ねる。ドアはほとんど閉じかけており、堂島の背後に立つ植村からはもう、藤尾の姿は見えなくなった。

「十二時半頃、こちらからスタジオへむかうようにしますので。あ、植村さん」

「はいっ」小園に呼ばれ、植村は前にでる。

「これ」ふたつに折り畳んだ小さなメモ用紙を渡された。「藤尾がセレクトした今日、かける曲です」

「ありがとうございます」

「すみません。ちょっとだけでもお話を」

野々宮が懇願《こんがん》するように言っても無駄だった。小園はにっこり微笑みつつ、無言でドアを閉めた。

「さすが忙しいねぇ」

捨て台詞のように言い残し、野々宮は悔しそうに去っていく。それを見送ったあとだ。

「いま聴いてのとおり、打ち合わせは十二時半からになった」

堂島は廊下にむかって歩きだす。加野と植村にというよりも自分に言い聴かせているようだ。

「今日、なに話すかは、そこで話すしかないか」と加野。

「藤尾さんならだいじょうぶでしょ。じゃ、おのおの準備おえてスタジオ集合で。植村、BGMとSEの準備、頼むな。あ、さっきのメモ、見せてくれ」

藤尾のセレクトした曲のメモだ。

「いいね、今日の選曲も」堂島はスマホでその写真を撮る。「銀杏BOYZの『銀河鉄道の夜』なんて、ひさしぶりだなぁ」

編集室はおなじ六階だ。堂島からメモを返してもらい、そちらへ歩きだそうとすると、「植村さん」と加野に呼び止められた。「選んだメールちょうだい」いけね。忘れるところだった。

さきほど下選びしたメールの束を加野に手渡す。

「ありがとう」

「お願いします」

植村は足早に編集室へむかう。

「これで第百回、はじめられるかな」

「そうですね。間に合わせましたね」

加野に言われ、堂島が答えるのが背後から聴こえてきた。

「一瞬、休みますか」と堂島。

「そうしよ。あっ、でも五スタ、片付けないと」

「終日、借りているので、放送がおわってからでもだいじょうぶっしょ」

さらにまだなにか話していたが、離れていく植村の耳には届かなくなった。

編集室は狭くて窓がない。自分から入ってきたのにもかかわらず、植村はいつも独房に幽閉された気分に陥る。

時刻は二十三時十七分。打ち合わせは十二時半になったので一時間以上、しかし藤尾がセレクトした曲のCDをCDルームへさがしにもいくので、サクサクと作業を進めねばならない。他にもおわっていない仕事がまだまだあった。

「勘弁してくださいよ、加野さん」

思わず口にだしてボヤいてしまう。

『千夜一夜物語』はリスナーが送ってくれたストーリー原案を、元脚本家である加野が脚本に起こし、藤尾涼太が即興かつガチで演じるコーナーだ。記念すべき百回目のタイトルは『ラジオエクスプレス1242』。宇宙を走る銀河鉄道の物語で、夕方に受け取った原稿では、車内で延々とトランプの大富豪に興じているだけの話だった。それが改めて決定稿を確認したところ、三分の一も書き直しがされており、ぜんたいの量も増えていた。

「ほんと、ここに汽笛の音いる？　SLの走行音だけでよくね？」

ブツブツ言いながらも編集作業をおこなう。

「これでよし。それでつぎは、と」

植村は決定稿をめくる。BGMの選曲だ。予め読みこんでおいた音声ファイルをオンにすると、流れてきたのはポップな曲にあわせ、ノリノリに唄いあげる女の子の歌声だった。

「な、なんだなんだ」

ひとまず止めて、読みこんだCDを見ると、アイドルオタクのディレクターからもらったCDだった。

「あぁ、もうっ」

自分の迂闊《うかつ》さに腹が立つ。CDを入れ間違えるなんて、初歩もいいところのミスだ。本来読みこむはずだったCDを取りだし、アイドルのと入れ替えようとして、どちらも床に落としてしまった。

「くぅぅぅっ」

CD二枚を拾い上げてから、植村は椅子に座り直す。そして録音用に備えてあるマイクを手に取り、口元に引き寄せると、他人には見えない心の中のオンエアのランプが点いた。自らを鼓舞させるための全国ゼロ局ネットの脳内ラジオのはじまりだ。

「こんばんはっ。ラジオ好きでも機械と音楽はじつはあんまり得意じゃない、植村杏奈が編集室からお送りしております。いやしかしマジかって話ですよ。今日、通常回って。こういうなにかあったとき、リスナーにアンサーしてくれるのがラジオのイイところじゃないですか。だって熱愛報道ですよ、藤尾涼太の。改めて言いますけど、べつに野次馬的な興味があるんじゃなくて、それがホントだとするとですよ。これまであったトークの意味合いが変わってくるし、状況が変わる話とかもあるってことでしょ。なにせ藤尾さんのラジオでの魅力は、イケメンの皮を被った厨二病こじらせ男子ってとこで、休日は自宅に引きこもって、ヘッドホンつけて銀杏BOYZを爆音で何時間も聴くのが、唯一の趣味ってとこなんですからね。チェリーボーイ疑惑もあるくらいで。だから今日、藤尾さんはぜったい、リスナーにホントのことを話してくれなきゃダメなんです」

そこまで一気呵成《いっきかせい》にしゃべってから、植村は大きなため息をつく。

「いやでもホントだったらそれはそれでどうしよう。リスナーが怒ることはないかぁ。むしろ祝福するよなぁ。さっきの藤尾さんの感じからするとぉ、えぇ、どっち？」

植村はスマホを取りだし、SNSの投稿をチェックしだす。

「やっぱみんな気にしてますよね。そうですよねぇ、本当はただのめでたい第百回記念回だったのにぃ」


きみ、このへんの子かな？

閃光戦隊シャイニンジャーのレッドことヒカルに訊かれ、六歳の松坂政司は首を横に振った。

ちがうの？

いま、なつやすみだから、おじいちゃんちにきてるんだ。

そうなんだ。おじいさん家はこっからどれくらい？

政司はどう答えればいいのか、わからなかった。それをヒカルも察したらしい。

遠い？　近い？

ちかい。

歩いていける？

いける。

できればぼくを、おじいさん家に連れてってくれないかな。なにしろこのへん、家が全然なくてさ。こまってたんだ。

家がなくて当然だった。このへん一帯は段々畑で、みかんの木が何千本と植えられている。

政司は小学校に入ってはじめての夏休みで、父の実家にひとりで遊びにきていた。今日で三日目、おばあさんに頼まれ、畑仕事をするおじいさんのところへお弁当を届け、いっしょに食べたあと、帰る途中だった。みかんが採れるのは、十二月のおわりから三月にかけてなので、実《み》はまだ緑色で小さい。しかし夏のいま時分でも、やることはいくらでもあった。畑に生えた雑草は毎日刈らねばならないし、大きく育ち過ぎたり、逆に小さ過ぎたり、強い陽射しにやられて硬くなった皮がやぶれた実を摘むのも大事な作業だ。どの実をどれだけ残すかで、味が変わってくるんだよとおじいさんに教わった。

政司はおじいさんが好きだ。少し怖い顔をしているが、とても優しいし、どんな質問でも丁寧にきちんと答えてくれた。

ぼくのこと、わかる？

シャイニンジャーのヒカルでしょ。

そのとおり。テレビ、見てくれてるんだね。

なんでここにいるの？

今日は朝早くから、この山のもっと上のほうで、シャイニンジャーの映画版の撮影をしていたんだよ。ぼくの出番は早めにおわって、待ってなくちゃいけなかったんだけど、眠くてたまんなくてね。現場から少し離れた場所にあった大木の陰に隠れて、十分だけ寝ることにしたんだ。ところが目覚めたら、太陽がえらく高いところにあって、マズいと思って現場に戻ると、だれもいなくてさ。仮にも主役であるヒカルを置いてくなんて信じられる？

同意を求められても、政司はなんと返事をしていいかわからず、フリーズしてしまった。

ごめん、ごめん。きみに文句言ったってしょうがないよな。スマホはロケバスに置きっぱなしで連絡もできなくて、こうして山から下りてきたんだ。そしたらひとの話し声が聴こえてきて、流行の曲も流れてきた。これはラジオだと気づいて、どこからだろうとさがし歩いてここにでてきたってわけ。

政司は祖父のトランジスタラジオを肩にかけ、スイッチをオンにしていたのだ。

えぇと、きみのおじいさん家はあっち？

政司はコクコクと頷く。

じゃあ、いこっか。

歩きだすヒカルが右足を少し引きずっていることに、政司は気づいた。

あし、いたいの？

下りているあいだに、ちょっと捻《ひね》っちゃったんだ。なぁに、この程度でへこたれるシャイニンレッドじゃないよ。

ヒカルは笑った。そして差しだす彼の右手を政司は握りしめた。温かくて柔らかな手だった。


そこで十六歳の政司は目覚めた。ベッドの上ではない。学習机で俯せになっていたのだ。

いけね。

目覚まし時計に目をむける。『藤尾涼太のオールナイトニッポン』までまだ十分あるのを確認し、ほっと胸を撫で下ろす。記念すべき第百回を聴き逃したら大変だ。しかも今日は恋愛報道の件もある。昨日、クラスの女子数人が話しているのを耳にした政司は、帰宅途中にコンビニに寄ってその記事が載った週刊誌を見た。

藤尾涼太に恋人がいたとて裏切られたとは思わない。むしろオメデトーと祝ってあげたいくらいである。どれだけ厨二病をこじらせても、カノジョはできるのだと希望がもてるというものだ。しかし事実がどうかわからない宙ぶらりんなのは勘弁してもらいたい。藤尾涼太のことだ、ぜったい今日のラジオでこの件を話すはずだ。政司はイヤホンを左耳に突っこみ、トランジスタラジオを手に取り、電源を入れる。

ザザァザザァザザァザザ。

雑音しかしない。チューニングが少しずれているようだ。政司は念のためにアンテナを伸ばしてから、つまみで調整していく。


やばいやばいやばい。

植村は第二スタジオへ駆け足で飛びこんだ。『千夜一夜物語』のBGMとSEをつくるのに手間取ってしまい、気づいたら十二時半を十五分も過ぎていたのだ。サブルームには一ノ瀬だけだった。すでにミキサーの前に、でんと構えている。植村のほうに顔をむけると、ブースのほうを指差した。藤尾と堂島、加野がテーブルを囲んでいる。すぐさま植村は中へ入っていく。

「で、最後の曲かけまして、CM明けたあとエンディングトークです」堂島は真正面の藤尾にむかって語りかけていた。話の内容からして、打ち合わせはすでにおわりを迎えようとしているにちがいない。本番十分前なのだから当然だ。「順調にいったら最後、五分くらいあるかなって感じですね。内容はお任せで」

「最後の五分ですね。了解です」そう言いながら、藤尾は少し不安そうだった。「だけど今日、かなり詰まってますね。新コーナーもあるし、時間収まるかな」

「だいじょうぶですよ」堂島が励ますように言う。「時間はこの堂島が見ていますし」

「ぼくもむかいにいるんで、なんとでもします」

「かっこいいな、加野さん」

「やめてよ、堂島さん。いつもどおりやりましょうよってこと」

「これ」一ノ瀬がブースに入ってくると、藤尾にヘッドホンを渡す。

「ありがとうございます」

藤尾は丁寧に頭を下げる。この礼儀正しさが、だれにでも好かれる理由だろう。彼のために一肌脱ごうという気にさせるのだ。

「トークゾーンで話すエピソード、だいじょうぶそうですか」

「だいたいは」堂島の問いに、藤尾は曖昧な答えを返す。

「まだちょっと時間ありますし、もしアレだったら放送はじまるまでに、ざっくりでも一回話しときます?」と加野が提案する。「頭の中の整理がてら。ぼく聴きますよ」

「だいじょうぶです」藤尾はにっこり微笑む。「その場の流れでやりますんで」

「鮮度もだいじですからね」と堂島。「節目の回ですけど、気負わずやっていきましょう。藤尾さんらしく話してもらえば」

「はい」と返事をしてから、藤尾は中腰になる。「すみません、ちょっとぼく、なんか飲んできますね」

「だったら私、飲み物買ってきます」

「いえ、自分でいきます」

植村の申し出を藤尾は笑顔で断り、ブースをでていった。

「植村、いたのか」堂島が言う。「十二時半集合って言っただろ」

「遅くなって申し訳ありません」

『千夜一夜物語』のBGMとSEに手間取ってと言い訳をしたいところを、ぐっと抑えた。加野に責任転嫁するような真似はしたくなかったのだ。悪いのはいつまでも機械が苦手な自分である。

「それであの、打ち合わせでなにかありました?」

「なにかって?」

「あ、いや、つまりその構成を変えようとか、これ話したほうがイイんじゃない的なことが」

「とくにない」堂島はきっぱりと言い切った。「構成は加野さんの台本どおり、トークは藤尾さんにお任せで、いつもどおりやっていくから」

「わかりました」

台本をチェックする加野を残し、堂島はブースをでていく。植村はあとを追っていくしかなかった。

「あとそれと」

「まだなにかあるのか」堂島がディレクター席に座る。

「お手洗いにいってきていいですか」

「駄目とは言えんだろ」堂島は眉間に皺を寄せた。「さっさといってこい」

化粧室をでて、自動販売機スペースの前を通ると、そこに藤尾がいた。付箋がたくさん付いた紙の束に視線を落とし、なにやら呟いている。茨城029とのコント台本だろうか。

「この時間は藤尾涼太がお送りしております。百回目。いやぁ、めでたいですね。とは言っても、とくにシークレットゲストがきたりとかはしません」

ん？　これってラジオのオープニングトークじゃない？　本番前に？　いや、本番前だからこそ？

ここは素知らぬ顔で通り過ぎるべきだろう。そう思ったときだ。自販機スペースのむこうにある給湯室から、野々宮がひょっこりあらわれた。

藤尾さん、うしろうしろっ。

小園のときとおなじく、もちろん今回も植村の心の叫びは藤尾に届くはずがなかった。

「どうもぉ」

野々宮に声をかけられ、藤尾は飛びあがらんばかりに驚いている。そして手に持った紙の束をうしろに隠した。

「いやぁ」野々宮はスマホを見ながら、藤尾に近づいていく。「いつも以上に待機ツイートありますよぉ。注目されてますねぇ」

「いいのか悪いのか」藤尾は困り顔で答える。

「いいことですよ、注目されるのは。それでね。せっかくいま注目されているんだし、あのこと、考え直しちゃくれませんかねぇ」

またでた、あのこと。

「会社としてはぜひですね」

「すみません、放送はじまるので、またあとで」

やばいと思ったのも束の間、今回は逃げられず、植村は自販機スペースからでてきた藤尾とぶつかりそうになる。

「ごめんなさい」詫びてきたのは藤尾だ。

「こちらこそ」と言いつつ、二時間前にバイク便の配達員とほぼおなじシチュエーションになったのを植村は思いだす。藤尾とあの配達員は背格好がよく似ている気がした。声のトーンもだ。

「なんだ、植村さんか。本番まで五分切ってますよ。こんなところでなにやっているんです」

藤尾さんこそ、とは言い返せない。

「すみません」と言って、藤尾とふたりして第二スタジオへ駆け足でむかう。

藤尾が先にゴールして、手に持った紙の束を小園に渡すと、ブースの中に入り、椅子に腰かけ、ヘッドホンを着けた。植村はAD席に座って、台本を譜面台に置く。

「植村っ」堂島の声が飛んできた。

「はいっ」

「こっから生放送だからな。自分の仕事に集中。いいな?」

「はいっ」

「いい返事だ」一ノ瀬が笑いながら言う。

植村は台本のキューシートをチェックしながらも、横目で藤尾を窺う。緊張からか、顔が強張《こわば》っているように見えなくもない。

「あと三十秒ほどでぇす」

マイクを通して堂島が藤尾に言う。すると加野がブースのドアを開き、顔をのぞかせた。

「あれって結局、あれだよね。あれんなったから、あれでいいんだよね」

「あぁあぁぁ」加野に訊かれ、堂島は台本をめくりながら答える。「あれはこっちがあれするからだいじょうぶ」

「オッケェ」加野はブースに引っこみ、藤尾の真正面に座る。

長年、いっしょに仕事をしているからこそ、〈あれ〉だけで話が通じるのだ。堂島や加野に〈あれ〉と言われても、植村にはさっぱりわからない。

「それじゃあ栄えある百回目、やっていきましょう。一ノ瀬さんもよろしく」

「お任せあれ」

午前一時を報せる時報が鳴った。堂島がキューを振ると、藤尾がカフをあげる。

スラングで口を割る、すべてを話す、白状するっていう意味もあってな。俺としてはカフボックスのレバーをあげたとき、パーソナリティにはその言葉どおり、自分の内面をすべて話してほしいと思っているんだ。

一週間前、居酒屋で堂島から聴いた話を植村は思いだす。今夜、藤尾涼太は自分の内面をすべて話すのだろうか。


「時刻は午前一時を過ぎました。こんばんは、藤尾涼太です。二〇二二年三月二十七日、この時間のオールナイトニッポンは、私、藤尾涼太がお送りしてまいります。百回目っ。いやぁ、めでたいですねぇ。とは言っても、とくにシークレットゲストがきたりとかはしませんよ」

さきほど練習していたのとおなじだと、植村は気づく。加野にエピソードをざっくり一回話すように言われたとき、一旦は断ったものの、やはり不安になって、自販機スペースで練習することにしたのかもしれない。なのに野々宮に邪魔をされてしまったわけだ。それでも藤尾は流暢《りゅうちょう》にトークをつづける。

「これフリじゃないです。いつもと変わらず、私とリスナーのあなたと、三時までお送りしていきたいと思います。いやぁ、第百回。先週、人生で百回もやることって意外となくないって話をしたんですけど、意外と難問じゃないですか。年一回しかやらないことだと無理なんですよね。よっぽど長生きすればいけますけど。つまり年に二、三回やることなんですよ。なんだろうなぁって。この一週間なんとなくそれ考えてて、これがいちばん近いんじゃないかって答えが衣替《ころもが》えです。いや、待って。言ったら急に自信がなくなってきた。ちゃんと年二回もしてる？　衣替え。思えばぼくもそんなしっかりやってないなって。ねぇ？ 最近はだいぶ春めいてきて、どうですか、みなさん。衣替えしています？　はは。季節の話題からオープニングに入るという、これが百回、オールナイトやってきたパーソナリティの貫禄ですよ。こなれてる感あるでしょ？」

堂島と一ノ瀬から好意的な笑いが起こる。植村の頬も緩む。藤尾涼太のトークは芸人のとはちがい、無理に笑いを取りにいかないところが心地いい。明日は月曜日、十二時を回っているので、実際は今日にせよ、土日を休んで会社や学校へいかねばならず、ブルーな心持ちのリスナー達の心を癒やすのだろう。

「植村っ」

「は、はい」堂島に呼ばれ、植村は椅子から飛び跳ねるように立ち上がり、堂島に近寄っていく。「なんでしょうか」

「直前でいろいろ頼んじゃったけど、だいじょうぶだよな」

「はいっ」

ジングルはつくった、メールは選んだ、ラジオドラマのBGMとSEは一時間以上かけて、直しと追加を施し完成させた。準備万全だ。

「ということでね」ブースの中で藤尾が溌剌《はつらつ》とした声で言う。緊張が解けてきたのか、もう顔は強張っていない。「今日もはじめていきましょうか。『藤尾涼太のオールナイトニッポン』ッ」

堂島が一ノ瀬にキューだしをする。そして『ビタースウィートサンバ』が流れだした。

「よし」堂島が植村に顔をむける。「最初の曲、準備できてるよな。Enjoy Music Club の『東京で考え中』」

そう言われた途端、『ビタースウィートサンバ』のリズムにあわせ、植村の鼓動は速くなっていった。

やばいやばいやばい。

「それがその、ないんです」

「あん?」

「CD、準備していませんでした」

「マジかよ、おい。小園さんからもらったメモは?」

「それはあります」

「このトークおわりで、曲だからな」堂島は腕時計を見る。「十分はある。パッといってこい」

「はいっ」

「加野さん」堂島はディレクター席のインカムで加野に呼びかけた。インカムはブースの中にいるパーソナリティと放送作家両方、あるいはどちらか一方に語りかけることができる。「最初の曲かけるの遅くなるかもだから、ここのトーク、ちょっとゆっくりめで。少し延ばしても、いいかもです」

堂島が加野に指示をだすのを背中で聴きながら、植村は第二スタジオをでた。

「はい、ということで、ぼくも二年近く、こうして週一回深夜の生放送をする生活を送ってまして、よく言われるんですけど」

CDルームに駆けこむと、室内には藤尾の声が流れていた。『ビタースウィートサンバ』がちょうどおわったところだった。

「映画の撮影とか舞台の稽古しながら生放送のラジオやるの大変じゃないかって。たしかに生活のリズム的なところでは大変なところもあるんですけど、ぼくとしてはすごくラジオがあることで、バランスが取れているというか。俳優っていうのは自分ではない、だれかになって、だれかが書いた言葉を発する仕事じゃないですか。カッコイイ言い方をしちゃうと、そればっかりやってると、自分がわかんなくなりかけるんですよね。でもラジオがあることで、週に二時間は役ではない藤尾涼太として、自分の言葉がしゃべれて、それをリスナーに聴いてもらえる。ラジオを面白くするのは、映画や舞台の作品づくりとは全然ちがう大変さがありますけど、この時間があることは、すごいありがたいなと思っていますね」

けっこう硬めなトークからはじめている。第百回という節目だからか、なんて分析をしている場合ではない。小園から受け取ったメモを片手に、格納棚の隙間でCDをさがしつづけた。Enjoy Music Clubの『東京で考え中』、大森靖子の『draw (A) drow』、KICK THE CAN CREWの『玄関』、銀杏BOYZの『銀河鉄道の夜』、そしてCreepy Nuts × Ayase ×幾田りらの『ばかまじめ』の五曲だ。

「ぼくにとってはラジオって、社会との接点みたいなところがあるんですよね。俳優の仕事は作品ごとに座組が全然ちがうから、一期一会というか、おなじひととの付き合いを長くつづけるっていうことがあんまりないんですよ。でもラジオは、つくってるメンバーも立ち上げからほぼ変わってないし、毎週聴いてくれてるリスナーもいるわけで。いけばだれかしらいる、溜まり場的なイメージですね」

「私もおんなじだよ」

植村は口にだして言う。就職して、ラジオの仕事をはじめていままではもちろんのこと、一リスナーの頃からそうだった。それがラジオの魅力だと言ってもいい。そんな溜まり場があったからこそ、嫌なことも辛いことも悲しいことも寂しいことも乗り越えることができた。ノー・ライフ、ノー・ラジオだ。

藤尾の話は初回放送の思い出に移っていく。

「やっぱりラジオネームの略の『RN』をそのまんま『アールエヌ』って読んじゃったことですかね。ウチの古参リスナーなんかは、いまだにメールの中でイジってきたりしますね。そうだ、こんな話をしてる場合じゃなかった」

おっ。いよいよ恋愛報道の話を。

「番組グッズ、絶賛発売中でございますっ」

「ちがうんかいっ」

植村はふたたび声にだして言ってしまう。

「現在の販売状況を見てみますと、番組本が人気みたいじゃないですか。いいですねぇ。ぼくも前、見本誌見たんですけど、かなりつくりこまれてますよ。年表まで付いていて、第何回にこんな話をしたとか、こんなノリがあったとか。すごくないですか、ラジオが年表になるって。まさかそんなにちゃんとした記録になるとは思わずにしゃべってるので、見返してみるとちょっと恥ずかしかったですね。自分、そんなこと言ってたんだぁっていう。他にもステッカーなど、さまざまな商品展開しておりますのでぜひ公式サイトをチェックしてみてください」

なんだよ、気ぃ持たせてさぁ。

植村はがっくりしながら、最後の曲が収録されたアルバムのCDのケースを引きだす。Creepy Nuts の『アンサンブル・プレイ』だ。ところが肝心な中身がない。

「だれよ。この前はあったのにぃ」

待てよ。この前って。

私じゃん。

血の気が引いていくのが自分でもわかる。

どこやったんだ、私？

とりあえず見つかったぶんのCDを持って、CDルームをあとにする。


「ということで、先週メールを募集していたこちらのコーナーに参りましょう。『メェエモリイィィィッ』。はい、このコーナーはですね、これまで九十九回の放送で、印象的だった回をリスナーからメールで送ってもらいます。はたして私、藤尾は送られてきた回を覚えているのか。じゃあ早速、読んでいきましょうか。ラジオネーム、〈ガイルガーゴイル〉。映画の役づくりで十キロの減量に挑戦した藤尾さんが、映画の撮影がおわった日のオールナイトで、減量中、いちばん食べたかったラーメンを啜り、あまりのウマさに泣きだした回は面白さを超えて、ちょっと感動した記憶があります。この回は」

　ドルルルルルルッルルとドラムロールが鳴る。

「存在しない」

　ピンポンピンポォォォン。

「いやぁ、十キロ減量したことはちょっとないですね。あのぉ、恐れ多いですけど、他の俳優さんとちょっと勘違いされていらっしゃるような気がするんですよ。たぶん『ラーメンとカツ丼とビール』でしょ。名作ですよね、あの映画は。俳優としてね、かっこいい回があったらよかったんですけど」

　館内に流れる藤尾の声を聴きながら、植村は廊下を走っていく。目の端に野々宮が見えた。だれもいないオフィススペースで、傘をクラブに見立てて、ゴルフのスウィングをしていたのだ。

「つづきまして、ラジオネーム〈ナッサ・チュウバウエ〉。生電話の相談コーナーで、相談させてもらったリスナーです。じつは相談に乗ってもらった、気になってるひととイイ感じになって、つぎのデートで告白をするようアドバイスをしてくれた。この回は」

　ドルルルルルルッルル。

「存在しないっ」

　ピンポンピンポォォォン。

「リスナーと電話を繋いだ記憶が、ぼくん中にはないんですね。でももし気になっているひととイイ感じなのがホントなら、告白はいいと思いますよ。それは言っちゃってください。アドバイスはですね。誠実に、思いを伝えられれば、いいのかなぁと思います。つづきましてラジオネーム〈ポストカードクラフトスマン〉。藤尾さんが生放送中に切り傷を負って、傷口から血ではなくて、0と1が溢れてきたところから、藤尾さんが人間ではなく、データだと判明した回。この回は」

ドルルルルルルッルル。

「存在しないっ」

ピンポンピンポォォォン。

「どういうことですかね、これ。傷口から0と1って。でもちょっとその、SFとして面白そうなのはやめてもらってもいいですかね。でもこれからのメタバース時代、こういう物語はつくられそうですけど。ヒロインがじつはデータだったみたいな。でも実体ですから、ぼく。存在しないのは〈ポストカードクラフトスマン〉のほうではないかと」

そこで植村は第二スタジオに滑りこむ。

「戻ってきました」

「よっしゃ」堂島が植村に顔をむけ、指示をだす。「一曲目、すぐにセットしてくれ。Enjoy Music Club の『東京で考え中』だからな」

「はいっ」植村はすぐさまスタンバイする。最後の曲のＣＤがないことを伝えねばならないが、ひとまずいまは言われたとおりに動かねば。

「つづきまして、ラジオネーム〈イエスマン龍《りゅう》〉。ぼくが印象に残っている回は、リスナー百人を集め、藤尾さんの地元の底なし沼から公開放送した、通称『沼だし放送』です。リスナー、スタッフ、そして藤尾さんが完全に沈みきることなく、ぎりぎり気道は確保できるレベルの沈み具合で二時間の放送をおえ、みんなで酸素の大切さを痛感しましたね、藤尾さん。ぼくの弟が、その放送から帰ってきてません。電話したらふつうにでるので、弟は沼の底でふつうに暮らしているのでしょう。悩むなこれ。あった気がする。あった気がするんだけど、この回は」

ドルルルルルルッルル。

「存在しないいっ」

ピンポンピンポォォォン。

「よっしゃあ、これで全問正解っ」

パチパチパチと加野が拍手をする。堂島もだ。

「いや、するでしょう。ぜんぶ架空の回じゃないですか。最後、底なし沼なんてホラーだよ、ホラー。弟が沼の底で暮らしているなんて、マジ怖いって。もっとほら、神回がいくらでもあったでしょ。みんなちゃんと聴いてる、この番組。リスナーの脳内に記憶されたメモリーなんで、しょうがないっちゃしょうがないんですが。みんなの中に面白い記憶があるなら、それでよしとしましょう。それではここで曲にいきますっ。Enjoy Music Club で『東京で考え中』」

藤尾がカフを下げて深く息を吐いた。小園が訪れ、彼にタンブラーを手渡し、すぐにブースをでていく。そのドアが閉じてから加野が藤尾に話しかけているのが、植村から見える。しかしふたりの声はサブルームに聞こえてこない。


「いい感じですね」

「そうですか」

藤尾は照れくさそうに笑う。彼に限らず、パーソナリティとふたりきりになるこの時間を、加野は大切にしている。パーソナリティの考えや気持ちを汲み取り、ときには思わぬ本音を聞きだすこともあったからだ。ある意味、放送作家としての腕の見せ所だ。

「手応えありません?」

加野は訊ねた。

「ラジオのしゃべりって、うまくいってるのかどうか、自分じゃよくわからなくて」

「こんだけいちばん近くで聴いているぼくが言うんだから信用してくださいよ」

おべんちゃらでもなんでもない。本心からの言葉である。藤尾は他のパーソナリティと比べると、わがままを言わずに素直でやりやすい。しかしそのぶん繊細なので、できるだけ丁寧に対応するように心がけている。

「もちろん信じます」

「つぎが『千夜一夜物語』です」そう言いながら加野はつぎのコーナーである『千夜一夜物語』の脚本を取りだす。「これも今日で百回目」

「ほんとによく書いてくださいました」藤尾が丁寧に頭を下げた。「いつもお疲れ様です」

「いや、楽しいですよ、ラジオドラマ。音だけだと、なんでも書けちゃいますし」

「ぼくはやってて楽しいですよ。ドラマの中ならなんにでもなれるんで」

「でもドラマって、〈そのひとが体験した本当の話〉には、どうしても敵わなかったりしますからね。だからぼくはこっちの世界に転向したんですけど」

おっと、いけない。これでは藤尾がいままさに体験している本当の話を、正直に話したらどうだと言っているようなものではないか。

「す、すみません、関係ないことしゃべっちゃった」

「いえ全然」

両手をあわせて詫びる加野に、藤尾は笑って言う。

「曲明け、『千夜一夜物語』の前に例のトークゾーンになります。だいじょうぶそうですか」

加野は〈例の〉を強調して言う。

「はい、お願いします」

藤尾と加野がブースの中でどんな話をしているのか、なんて植村は気にかけてはいられない。『東京で考え中』がかかっているあいだ、CDが行方不明である事実を堂島に言わねばならなかったからだ。

「三日前、おなじ曲を昼間の生番組でも流しまして、そのときCDルームに戻さず」

「植村がか」

「はい。で、いまどこかに」

「どこかってどこ？」

「それが思いだせなくて」

堂島は一瞬、険しい顔つきになりながらも「丁寧に扱ってくれよ」と口調を変えることなく言った。「ちょっと今日は集中欠き過ぎじゃないか」

「すみません」

「パーソナリティが折角いい話をしてくれても、スタッフの一個のミスで台無しになりかねないんだよ」堂島は嚙んで含めるようにゆっくりと言う。「この人数でやってるんだからさ。ちゃんと連携しないと」

「はい」

「放送後、ちょっと話そう」

改めて説教をされるのか。やむを得ない。

「とりあえずＣＤは『千夜一夜物語』おわりのタイミングで、またさがしてきて」

堂島は視線をブースに移す。なにか後ろ暗いことがあって、自分と目をあわすのを避けたかのように思えたが、ただの気のせいだろう。番組の最中なのだから当然である。

「わかりました」

植村はすっかり肩を落とし、ＡＤ席に座った。

いかんいかん。

自分の不甲斐なさのあまり、目尻にわずかに涙が滲んでしまったのだ。慌てて人差し指で拭き取る。

「まもなく曲明け、ジングルでぇす」堂島が言う。「五秒前、四、三、二ぃ、一っ」

ジングルが流れた。♪オォォルナイトニィイイッポォン、ユゥウウラックチョォオォウ♪

「この時間は私、藤尾涼太がお送りしております。さて、ここまで、さもなんにもない通常回かのようにお送りしてきましたが、ちょっとね。ここであのことについて話したいと思います」

まさか。

植村はブースのむこうにいる藤尾をじっと見つめる。

「私、藤尾が写真を撮られてしまいましたっ」

さきほどのコーナーおわりとおなじように、加野がパチパチパチと拍手をする。

「加野さん、盛り上げるとこじゃないでしょ」藤尾は笑いながら注意する。「スタッフでどなたかお持ちでしょ、例の週刊誌」

藤尾の言葉が合図かのように、堂島がその週刊誌を台本の下からだして、高々と掲げた。

「さすが堂島さん、持っていましたか。植村さん、こっちぃ持ってきてもらえます？」

藤尾に名指しされ、植村は戸惑う。

「植村、持ってって」

「はい」堂島が差しだす週刊誌を受け取り、ブースに入っていく。

「ごめんなさい、引っ張っちゃって。冒頭から話してね、せっかくの第百回が釈明会見みたいになるのも嫌だったので、ふだん聴いてくれてるリスナーだけになるのを待たせてもらいました」

「すみません」

いけね。

週刊誌を差しだす際、植村は思わず声をだしてしまった。しかし藤尾はいつもと変わらぬ笑顔で、「ありがとうございます」と受け取った。植村は逃げるようにブースをでていく。

「『藤尾涼太、自宅マンションでお泊まりデートか。早朝、美女と連れ立っておでかけ』。見られているもんですねぇ」

週刊誌の見出しをとりわけイイ声で読みあげたあと、藤尾は苦笑する。

「この記事でてから公《おおやけ》の場はこのラジオがはじめてで、恐縮ながらこの場を借りてお話しさせてもらいます。この記事は」

藤尾がたっぷり間をあけた。放送事故ギリギリだ。AD席に座る植村は、じっと耳を澄ます。たぶん日本中で何万人ものリスナーがおなじにちがいない。

「事実ではございません。いわゆる空記事《からきじ》でございます」

植村は安堵のため息をつく。サブルームぜんたいにも、和やかな空気が漂う。

「いやぁ、こんな記事でるんですね。びっくりしております。じゃあ、この女性はだれかと」

そうだ、いったいだれなんだ？

「ある種、このようなオチで真に申し訳ないというか、こんなことあるのかという感じなんですけど、この女性、じつはウチのマネージャーの小園なんですっ」

え？

植村は思わず入口付近にいる小園のほうを振り返る。視線があい、お互い会釈してしまう。

「いや、ちがうんですよ。この日、天候的に撮れてなかった外ロケをやろうっていう連絡が急遽きて、それで、非番の小園さんが緊急出勤してくれたんです。だからね、仕事んときはカッチリしたパンツスーツなんですが、写真に写ったときはそれとはえらくギャップのある私服だったんですよ。ひとによっては奇抜に見える服装でしてね。ぼくもマンションのロビーで声をかけられたとき、小園さんって気づかず、ヤバめのファンかと思ったくらいで」

「そっかなぁ」と一ノ瀬。「俺はいいセンスしてると思ったけど」

「ありがとうございます」小園がうれしそうに言う。「私のセンス、わかってくれるひと、滅多にいなくって」

「当然ですが彼女への取材や問い合わせは受けかねますので、ご遠慮いただきますよう、お願いします。いやぁ、でも百回目と重なる？ って思いましたね。リスナーにもね、不安な思いをさせてしまったんじゃないかと。これまで聴いた話とちがうぞって思ったひと、いたんじゃないですか？」

その言葉が植村の胸に突き刺さる。まさにそのうちのひとりだったからだ。

「でもね、ひとつうれしいことがありまして。まあ、こうして今週は多少なりとも世間様を騒がせてしまったわけです。でもですね、この件に関するメールはほとんどなかったと。なんならみんないつも以上に、コーナーやテーマメールを送ってくれて、盛り上げようとしてくれて。うれしかったですね」

まったくそのとおりだ。そんな中、自分は気もそぞろだったのが、いよいよもって植村はいたたまれない気持ちになる。

「みんなストイック過ぎるでしょ、とも思いましたけどね。ははは。でもパーソナリティ冥利《みようり》につきますね。ひとりしゃべりなんで、加野さんがいても、聴いてくれてるひとがいるのか、不安になることがあるんですが、ぼく、リスナーと関係性、築けてるじゃんって、感動しちゃいました。ほんとにありがとうございます」

ＡＤ席にあるパソコンには、いまのトークに対する、リアクションメールがひっきりなしに届いている。植村はそれだけで、ひとり胸熱になる。

そうだ。

パソコンのマウスを忙しく動かすと、左斜めうしろの壁際にあるプリンターが鈍い音を立てた。そしてつぎつぎとリアクションメールをプリントしていく。

「はい、ということでね。じんわりするのはこれくらいにして、そんなばかまじめなリスナーとの競演企画、参りましょうか。『千夜一夜物語』ぃぃぃっ。今宵の脚本原案は、ラジオネーム〈イエスマン龍〉っ。強いですねぇ。何回目？　十回目ですか。大台乗りましたね。さあ、たったいま、加野さんから脚本を受け取りました。緊張の一瞬であります。タイトルは『ラジオエクスプレス１２４２』。なんだか壮大ですけど。それではお聴きください。『千夜一夜物語』、第百夜、開演ですっ」

ブウゥウウウウッ。

開演ブザーが鳴る。つづけて重々しいＳＬの走行音。

ガタンガッタン。ガタンガタンガタンガタンガタン。

やがて汽笛の音が重なる。

ブゥオゥオォォォォ。

植村がつくった効果音だ。なるほど、汽笛が入ったほうがたしかに臨場感が増している。

「雄大な銀河の闇を駆ける銀河鉄道は、遂に天の川銀河の果て、終着駅フォーエバーの目前まで迫っていた」

これは加野だ。ナレーション部分は彼が読みあげることになっている。

「あれが惑星フォーエバー」藤尾が少年のような若々しい声で言った。役になりきっているのだ。「あそこにいけば機械のラジオがもらえるんだ」

「車窓から目的地を見据える少年、鋼太郎《こうたろう》のむかいの席には黒衣に身を包んだ美女が座っている」

「鋼太郎、ラジオはそもそも機械よ」黒衣の美女も藤尾が演じる。ここは一人二役だ。

「揚げ足を取らないでくれよ。ぼくが言っているのは雑音まみれのこんなポンコツじゃなくて、ネットを通じて、いつでもどこでも聴けるラジオのことさ」

「本当にそれでいいのね？」

「なに言ってるんだよ。そのためにここまで旅をしてきたんじゃないか。本当にいろんな星を巡ってきたなぁ」

「鋼太郎の脳裏にはこれまでの星から星を巡る旅の記憶が走馬灯のように流れていた」と加野のナレーション。

「灼熱《しゃくねつ》の星、極寒の星、重力が異常に強い星、人間を捕食する異星人がはびこる星。どの星も環境がキツ過ぎるうえに基本、空気がないから、ずっと車内待機だった」

ありえない設定でも藤尾の台詞だと臨場感たっぷりで、現実味を帯びてくる。映画やテレビだけでなく、舞台でも演じている強みだろう。

「旅の記憶の大部分は、黒衣の美女とのトランプの大富豪の思い出に占められていた。ふたりでやると革命が起き過ぎて逆につまらない、しかもふたりの地元で通っていたローカルルールに食い違いがあり、それがたびたび喧嘩のタネになった」

いつも思うのだが、加野の口調はちょっと銀河万丈っぽい。たぶん意識してそうしているのだろう。

「思い返せばクソ回ばかりだったけど、それも今日で報われるんだ。ちょうど今日、楽しみにしている放送があるから、早速それを聴かなきゃ」

「こんなときに言いづらいんだけど」

「なんだい？」

「ここ天の川銀河はエリアフリー圏外よ」

「じゃあ今日の放送は聴けない？　そんなっ。ぼくはいったいなんのために、ここまで旅をしてきたんだ」

藤尾の一人二役がつづく。黒衣の美女の台詞を言う前に、藤尾はちょっとしなをつくっているのに、植村は気づいた。こんなラジオの一コーナーでも手を抜かないプロ根性に敬服する。そう思いながらプリンターから溢れでてきたメールのプリントを手に持つ。ひとまず百通だが、メールは切れ間なく届きつづけている。

「これ」

「なんだ？」

プリントの束を差しだすと、堂島は鋭い声で訊き返してきた。そのときになって植村は自分自身のあり得ない行動に気づく。ラジオドラマともなると、ディレクターとミキサーはSEやBGMをどのタイミングでどうだそうか、神経を集中させねばならないからだ。非常識といってもいいのだがもう遅い。

「さっきのトークに関するリアクションメールがかなりきてて」

「そんなに届いているのか」

「まだまだたくさんきてます。せっかくこれだけの反響があるのに、リアクションメールを読まない手はないと思うのですが」

「これ以降でメールの紹介を入れるタイミングはない」

堂島は台本に視線を落とし、きっぱり言い切った。

「いや、でも、あの」植村はなおも食い下がる。「藤尾さんって、これまでリアクションメール、読んだことないですよね」

　堂島がたじろいだような表情になったものの、ほんの一瞬だった。リアクションメールを読めば、リスナーとよろこびが分かち合えますとつづけようとしたが、できなかった。

「この番組はずっとそのスタイルでやってきた。今日、いきなり方針を変えるわけにはいかんだろ。いつもどおりでいく。いいな」

「わかりました」

　堂島に気圧《けお》されてしまい、植村は頷くことしかできなかった。

「鋼太郎は絶望のあまり膝から崩れ落ちる。そのとき、近くの衛星の陰から、もう一隻の宇宙船があらわれるっ」

「諦めるなっ」加野のナレーションがおわると同時に、壮大な曲をバックに、藤尾がいままでにない野太い声で言った。「男にも女にも自分の信じるもののため、戦わなければならないときがあるっ」

　藤尾の台詞が自分を励ましているかのように、植村には思えた。

　もう一度、押してみるか。

「そ、その声は?」鋼太郎の声で藤尾が言う。

「突如あらわれた宇宙船に乗っていたのは、宇宙海賊キャプテン・シャムロックだった」加野の説明が入る。

「電波はきっと、この宇宙空間まで届いているっ。宇宙でラジオを聴くんだっ」藤尾の声はさらに野太くなった。「この銅線《どうせん》を車両の車体に何重にも巻き付けろっ。俺はパラディソ号の主砲を放ち、電波を遮る小惑星を破壊するっ」

「キャプテン・シャムロックの提案によって、銀河鉄道の乗客車両は、巨大な宇宙鉱石ラジオへと姿を変えた。鋼太郎は満を持してコードをアンプに繋いだ。そのときスピーカーから聴こえてきたのは」

堂島が左手で小さく一ノ瀬にキューをだす。そして植村がセットしておいたCDが流れた。

え？

「あん？」堂島から声が洩れる。

ちがう。この曲はアイドルオタクのディレクターからもらい、編集室でも一度かけてしまったCDだったのだ。

ここでまたおなじ間違いを繰り返すとは。

ブースの中で藤尾が戸惑いを隠し切れずにいる。

やばいやばいやばい。

「ま、間違えました」

「言わなくてもわかる」堂島が植村に言う。しかし視線はブースの中だ。

「宇宙鉱石ラジオが拾ったのは、なななななんと、ちがう局の電波であった」

加野のナレーションは元の脚本にはない、アドリブだった。そしてカンペをこちらに見せる。いつの間に書いたのか、そこには赤ペンで〈チューニング〉とあった。

「鋼太郎がラジオのチューニングをしているってことにするのか。ナイス、加野さん」

「となるとなんか適当なノイズが必要だな」一ノ瀬が動きだす。

「お願いできます？」と堂島。

「お任せあれ」

「び、びっくりした」加野のカンペを見ながら、藤尾がこう言った。「チューニングがあっていなかった」

そっか。

ここでようやく植村も加野の意図を理解する。

「鋼太郎は巨大なコイルと化した車両の中を歩き回り、アンテナ代わりの傘で電波を探る」

加野は椅子から腰をあげ、身振り手振りを入れながら、ナレーションをつづけた。アドリブのはずだが、落ち着いた口調で、よくもまあ、あれだけすらすらと言葉がでてくるものだ、と植村は感心する。

感心している場合か、植村杏奈。ぜんぶ私のせいだろうが。

「準備オッケー」一ノ瀬が作業を済ませ、何事もなかったかのように言う。

「ノイズのあとチューニングがあえば、元の脚本に戻ることができる」堂島が言った。独り言にしては大きな声だ。たぶん自分に言い聴かせているのだろう。「一ノ瀬さん、『ビタースウィートサンバ』、スタンバイしておいてください」

「あいよ」

「ではまず、いま流れている曲をフェイドアウトして、ノイズとクロスさせてください。そしたらノイズを大きくしたり小さくしたり」

堂島の指示どおり、一ノ瀬はつまみを動かす。まさに聴きたいラジオ局をさがして、チューニングしているのを見事に表現できている。

「鋼太郎はノイズの中から、いつも聴いているあの音をさがした。そしてついに、その声を見つける」

加野のナレーションのあと、みんなの視線が藤尾に集まる。泳いでいた目が一点を見つめ、やがて覚悟を決めた表情になると、藤尾はマイクに口を近づける。

「きみが踊り、ぼくが唄うとき、新しい時代の夜が生まれる。太陽のかわりに音楽を、青空のかわりに夢を、フレッシュな夜をリードする、オールナイトニッポン！」

ほとんど叫び声だ。

「オッケィ」堂島が一ノ瀬にキューをだす。『ビタースウィートサンバ』が流れてきた。

「戻った戻った戻った」堂島がうれしそうに言う。「元の脚本に戻ったぞ」

「あぁ、いつも聴いている声だ。オールナイトニッポンだ」鋼太郎の声で、藤尾が言った。ため息まじりなのは、演技なのか、それとも思わずそうなってしまったのかはわからない。

「銀河鉄道は惑星フォーエバーの衛星軌道に入る」加野も安心したのか、そこで椅子に座った。「本来、無音であるはずの宇宙空間で、1242キロヘルツの周波数に乗ったその声は今宵も少年の耳に優しく語りかけるのであった」

「『千夜一夜物語』、本日はこれきり」

藤尾が〆の言葉を言うと、そのタイミングでジングルが流れ、CMに入った。

「やったぁあ」加野がヘッドホンを外すと、ふたたび立ち上がり、両手を上げ、さらには手を叩いた。「もうサイコー。素晴らしいッス、藤尾さん」

「ありがとうございます」

「アドリブだっていけたじゃないですか」

「どうにか一言、絞りだしただけです」

加野がなおも称讃すると、藤尾は照れ臭そうに笑う。

「はぁぁああぁあ」堂島は背もたれに全身を預け、大きなため息をついた。「なんとかなった」

「あ、あの」恐る恐る植村は話しかける。

「よし、いっしょにいこう」

堂島が立ちあがり、ブースの中へ入っていく。植村はそのあとをついていくしかない。

「申し訳ありませんでした」堂島が頭を下げる。もちろん植村もだ。

「もぉ、肝冷やしたよ」加野は高揚感からか、顔が赤らんでいた。

「さすが加野さん、ナイスフォローでした」と堂島。「よくぞ咄嗟《とっさ》にチューニングのアイデアがでたものです」

「ウチの実家、ドがつく田舎で山奥だったからさ。ラジオの電波拾うために、マジで傘を使ってたのよ」

「すみませんでした」植村は藤尾の元にいき、改めて詫びる。

「全然」藤尾はいつもの笑顔だ。「焦りはしましたけど、スリリングで面白かったですよ」

「現状、三分押しです。もしかしたら曲次第で、エンディングの尺、また変わるかもなんで。よろしくお願いします。植村、おまえまだ、やらなくちゃいけないことあるだろ」

そうだ。最後の曲のＣＤを見つけねば。

「いまの流れだと、最後、トーク締めになるかもしれないが頼んだぞ」

「はい」

廊下を走っていくと給湯室から声が聴こえた。小園が電話しているのだ。

「ありがとうございます、わざわざご連絡を。はい。来月、最後の日曜。夜ですか。いえ、だいじょうぶです。でしたらそこのスケジュールも現状お渡しできます」

日曜の夜、何時頃なのだろう。

植村は心配になりながら、その前を通り過ぎて、階段まででて、一段飛ばしで駆けあがる。

六階の自分の席に辿り着いてから、雑然としたデスクの上をあちこちさがしてみても、CDはなかなか見つからなかった。CMはとうにおわって、藤尾の声がだれもいないオフィスの隅々にまで響き渡る。

「ここまでおつきあいいただいたみなさん、ありがとうございます。楽しかったなぁ。コーナーのネタメールもね、気合い入ったヤツが多くて、笑わせてもらいましたよ。最近ちょっと見ないなって職人も送ってきてくれたりして、オールスター感あって、胸熱でしたね。恋愛報道が、まあ、空記事でしたが、でるっていう、まさかの出来事もありましたが、逆にね、リスナーのみなさんに事実を説明できて、タイミング的にはよかったとも言えるのではないでしょうか」

「どこやっちゃったのかなぁ」

CDはでてこない。泣きそうになりながら、植村は椅子に座る。途端に他人には見えないオンエアのランプが点いた。クリップ付きのアームがマイクになり、植村はそれを口元に寄せた。全国ゼロ局ネットの脳内ラジオがはじまる。

「消えてしまいたい。ほんとなにやってんですかね。めっちゃ、みんなの足引っ張ってるじゃないですか。ひとりでジタバタして、まわりにカバーされて、スタッフとしてもリスナーとしても最低です。ラジオを愛していても、ラジオには愛されてないってこと？　仕事にすべきじゃなかった？　でも私、ラジオ以外にやりたいことなんてないですよ。ここから信頼を取り戻せるよう、頑張っていくしかありません。もっとちゃんとしよう。いつか藤尾さんを含め、番組のみんなにチームの一員と認めてもらえるようにっ」

「おいっ」

「わ、わわわ」

背後からの声に驚き、植村は椅子から転げ落ちそうになる。どうにか腰をあげて振りむくと、そこにいたのは野々宮だった。

「い、いつからそこに？」

「いまきたところだ。そこまで驚かなくてもいいだろ」

「私、いまここでなにかしゃべってました？」

「なにかしゃべっていたのか」

「いえ、あの、べつに」

「きみに確認したいことがある」

「な、なんでしょう」

「藤尾さんの番組の前、スタッフの打ち合わせはいつも五スタか」

「はい。いえ」

「どっちなんだ」

「五スタを使うのは加野さんです。そこへ堂島さんがいくって感じで」

「きみは？」

「台本の催促にいくだけです」

「中に入ったことは？」

「ありません。今日も入ろうとしたら、堂島さんが入れてくれなくて」

「だとしたらきみは、五スタでなにがおこなわれているのか、まるで知らないんだな」

「だから加野さんが台本を」

「いまさっき五スタの前でこんなものを拾った」

植村を遮り、野々宮は青色の付箋を差しだしてきた。そこには〈A－3　ラジオは社会との接点〉と書いてあった。

「これって」

「オープニングで藤尾さんが話していたトークトピックだよな」

「ああ、はい」

「この字、加野くんのだろ」

「そうですが」間違いない。さっきもカンペで見たばかりだ。昔の女子高生みたいな丸っこい癖のある字だ。

「妙に思って、五スタに入ってみたんだ。すると中がどうなっていたと思う?」と訊ねておきながら、植村に答える隙を与えず、野々宮は話をつづけた。「ホワイトボードには二時間分のタイムラインが書いてあってな。一分おきという細かさで、これとおなじようにトークトピックが記された付箋が大量に貼り付けてあったんだ」

「あっ」

「なんだ?」

「いえ」放送前、台本を受け取った際、加野の肩にオレンジ色の付箋が付いていたのを思いだしたのだ。そこには〈D-2　週刊誌を持ってくる〉と書いてあった。さらに植村自身が、堂島から週刊誌を受け取り、ブースに入っていったことでもある。

「ホワイトボードにはトークそのものも貼ってあった」

トークそのもの?

野々宮は左腕で挟んでいた紙の束を、植村に差しだしてくる。

「なんですか」

「いいから読んでみ」

野々宮が言う。いつものおちゃらけた調子は微塵《みじん》もない。ここは言われたとおりにするしかなさそうだ。びっしりと文字が埋め尽くされた一行目から黙読していく。

〈時刻は午前一時を過ぎました。こんばんは、藤尾涼太です。二〇二二年三月二十七日、この時間のオールナイトニッポンは、私、藤尾涼太がお送りしてまいります。百回目っ。いやぁ、めでたいですねぇ。とは言っても、とくにシークレットゲストがきたりとかはしません〉

え？

「これって今日のオープニングトーク」

そう言ってから植村は、藤尾が自販機スペースで自分が持つ紙の束と似た台本を持ち、オープニングトークを呟いていたのを思いだす。

すると野々宮は植村が持つ紙の束を、反対側から数枚めくった。そして開いたところの真ん中あたりを指差す。

「いま、このへんだ」

いま？

「これまでの番組の歴史を振り返れたり、リスナーとの関係性を再確認できたりと、いい第百回でした。みなさん、ありがとうございます」

嘘でしょ。

そこに書かれた文字を読んでいるかのように、藤尾がしゃべっているのだ。

「これっていったい」植村は次第に怖くなってきた。

「ホワイトボードに貼ってあったのとおなじものだ」野々宮は声をひそめて言う。

「肝心なのはその先だ」

〈そしてじつは今日、最後にみなさんにお伝えしたいことがあります〉

植村が字面を追っていくと、藤尾はその言葉をまるまる放送に乗せていく。

「そしてじつは今日、最後にみなさんにお伝えしたいことがあります」

〈私、藤尾涼太はオールナイトニッポンを卒業することに致しました〉

「私、藤尾涼太はオールナイトニッポンを卒業することに致しました」

「言っちまいやがった」

野々宮が吐き捨てるように言う。

「わぁ、遂に言ってしまいました。じつはね。ぼくのほうから申し出ました。ラジオが嫌になったとか、嫌いになったとかじゃありません。むしろぼくは、いまでもラジオのことは好きだし、助けられてきたし、ラジオパーソナリティというものに、ずっと特別な憧れを抱いてきました。だってすごいじゃないですか。しゃべりとひととなりだけで、リスナーを楽しませちゃうんだから。うん。だから番組をやらないかって声をかけてもらったときは、すっごくうれしかったです。役ではない、藤尾涼太としての話をしてみようって。でもこれがやってみると難しかったですねぇ。自分が憧れたようなひと達みたいには全然できなくて。やっぱりすごいですよ、これまでオールナイトニッポンのパーソナリティをやってきたひと達は。みんな『自分の言葉』を持っているじゃないですか。だからぼくも、いつかそれを見つけられたら、またやりたいなと思っています」

じゃ、なに？　藤尾さんは百回目の今日まで、自分の言葉ではなかったってわけ？

「拙《つたな》いラジオではありましたが、いままで聴いてくださったみなさん、本当にありがとうございました。とはいえね、まだおわらないので、はい。最終回までどうぞよろしくお願い致します。まあ百回目までに、どうしようか決めようと思ってて、今日、発表させてもらいました。突然すみませんっ。ここでね」

〈ここでね。最後の曲にしましょうか。Creepy Nuts × Ayase ×幾田りらの『ばかまじめ』〉

植村の手元にある台本にはそうある。しかし藤尾はこう言った。

「最後の曲のはずが、お別れの時間となってしまいました。来週はまた、楽しいラジオをやりましょう。それでは本日は一旦、終幕っ」

「ったくもう。勝手なことしやがって」

吐き捨てるように言うと、野々宮は立ち去っていった。しばらくぼんやり突っ立っていた植村は我に返り、台本である紙の束を抱えて駆けだす。

「それでは本日は一旦、終幕っ」

「待って待って」松坂政司は思わずラジオにむかって言ってしまう。「勝手におわんないでくれよ。全然、説明足んないよ。なにどういうこと？　役ではない、藤尾涼太としての話、自分の言葉で話していたじゃん。ちゃんとできていたよ。十年前、六歳の俺の拙い質問に、きちんと答えてくれたときと、まったくおんなじだった。なんでだよ。藤尾さんのオールナイト、おわっちゃったら、俺、どうしたらいいんだよ。この先、なにを支えに生きていけばいいんだよ。わかんないよ。嫌だよ、ひとりにしないでくれよ。頼むよ。記念すべき百回でこんなのないよ」

どれだけ声をだしたところで、藤尾涼太の耳に届くはずがないのはよくわかっている。でも政司は自分を止めることができなかった。涙が溢れだし、頬を伝い、祖父のトランジスタラジオへと落ちていく。


第二スタジオに入ると、そこにいたのは一ノ瀬だけだった。どういうわけか彼はミキサー席に座り、背もたれに身を任せ、ほぼ真上をむいた顔にはタオルを被せていた。

「い、一ノ瀬さん？」

「おお、お疲れ」返事はすれど、ポーズはそのままだ。

「藤尾さんは？」

「いまでてったところ」

間に合わなかったか。

藤尾は番組がおわってブースをでると、サブルームにいるスタッフひとりずつに礼を言うものの留まることなく、マネージャーの小園を引き連れ、さっさと帰ってしまうのだ。

「いやぁ、番組、おわるんだね。さっき知ってびっくりしたよ」

「一ノ瀬さんも知らなかったんですか」

「も、ってことは、きみもかい？」

「はい」

「予感はあったんだ。ここ何回か、藤尾さんの声の調子、ずいぶんと寂しそうだったからね。プライベートでなんかあったのかと思ったけど、まさか番組がおわるとは思ってなかったなぁ」

そこで一ノ瀬は洟《はな》を啜った。

泣いてる？

「藤尾さんに用があるんじゃないの？　いまからいけば、まだ一階のロビーにいると思うよ」

「は、はい」

いた。

正面エントランスは閉じており、やや薄暗い一階ロビーに、藤尾はひとり佇んでいた。小園がいないのは、タクシーを呼びにいっているからだろう。

ここまで追いかけてきたのに、自分が藤尾になにを話すべきなのかがわからない。にもかかわらず植村は「藤尾さんっ」と声をかけ、駆け寄ってもいた。

「お疲れ様でした」

薄暗い中でも、会釈する藤尾の表情が強張ったことに、植村は気づいた。彼の視線が自分の手元にロックオンしている。第百回の完全台本を持ったままだったのだ。

「どこでそれを？」

こうなれば仕方がない。すべてを訊ねよう。

「野々宮さんが五スタで見つけたんです。私も知っているものだと思って訊ねてきて」

「野々宮さんが？　それはちょっとマズいかもですね。堂島さんの立場が危うくなるかもしれない」

藤尾が心配そうに言う。

「ここに今日の放送で藤尾さんがしゃべっていたことが、ぜんぶ書いてあったんですが」

「すみません。ぜんぶ書いてもらってました。そしてそのとおりにしゃべってました」

「どうしてそんな。だって」

「ちがうんです」

藤尾が真正面から見据えてくる。瞬きひとつせずにだ。主演ドラマ『オタマジャクシの王子さま』の最終回、喧嘩ばかりしていた幼なじみに、思いの丈を語るときの彼のようだった。

「本当はぼく、しゃべるの、全然得意じゃないんですよ」

「いままでも今日の放送もですか」

「はい。ラジオでしゃべってるときの自分が、素の自分だって言っておきながら、幻滅しましたよね」

「え、あ、いや」

「最初はそのつもりだったんです。でもいざ、やってみたら自分のまんまだと全然しゃべれなくって。無理ですって一旦はお断りしました。そしたら堂島さんが、芝居のように台本があればできますかって言いだしたんです。週に一度、マイクの前で、オールナイトニッポンのパーソナリティを演じてほしい、と」

「そんなのどうかしてますって」

「ぼくも堂島さんにそう言いましたよ。だけど堂島さんは一歩も引きませんでした。番組は二時間でも曲とCMで二十分、コーナーに寄せられるリスナーからのメールを多めにして、さらにラジオドラマを入れれば、フリートークは一時間弱。短ければ二分、長くても十分程度のトークを十本前後、一言一句、台詞を書いた脚本を準備しましょうと堂島さんは言いました」

正気の沙汰とは思えない。しかしだ。

「藤尾さんはそれを承知したわけですね」

「はい」藤尾は頷いた。「ラジオをやりたいという気持ちは本当ですからね。いままで舞台で膨大な量をしゃべる芝居をいくつか経験して、台詞覚えが早いことには自信がありました。より自然に演じるために、ブースには脚本を持ちこまず、丸暗記することにして、そのための稽古にも堂島さんのみならず加野さんにも、つきあってもらいました」

「稽古ってどこで?」

「時と場合によってちがいますが、だいたいは第五スタジオで。今夜、稽古おわりに出会したの、わかりませんでした?」

「まさかあのバイク便の配達員が」

「そうです」藤尾は申し訳なさそうに言う。「ここで稽古するときは毎回、ちがう変装でくるようにしているんです。前にもべつの恰好で、何度か出会していたんで

「全然気づきませんでした」

　自分がヒドく間抜けに思える。いや、それだけ藤尾の変装が巧みだったのだ。小園はまだ姿を見せない。植村はもう一歩、踏みこんだ質問をすることにした。

「台本があったとは言え、トークの内容はまるきり絵空事ではありませんでしたよね」

「水曜か木曜にＬＩＮＥでグループ通話して、日頃思っていることや体験したことを堂島さんと加野さんに話したのを、台本にしてもらったんです」

「それをブースの中でやればよかったじゃないですか」

「ぼくもそう思います。でもやはり台本を覚えて、話したほうがしゃべりやすかったんです。リスナーの反応がいいのを知って、最初のうちこそうれしかったんですが、次第に怖くなってきました。騙すような真似をしているわけですからね。回を重ねる毎に、ぼくには自分の言葉がないんだ、ラジオはそんなんじゃ駄目だと思うようになり、生きた心地がしませんでした。だからもうおわりにします」

藤尾は目を伏せていた。苦渋に満ちたその顔を見て、出過ぎた真似をしてしまったと、植村は今更ながら後悔をする。だからと言って藤尾に真相を訊ねずにいたらやはり後悔したにちがいない。それはきっと、どちらが正解で、どちらが間違いという問題ではないからだろう。

「藤尾さぁん。タクシーきました」

「いまいきます」小園に返事をしてからだ。「最終回までよろしくお願いします」

藤尾は頭を下げ、駐車場へむかう。すると入れ替わるように、小園が植村に近づいてきた。

「すみませんでした。藤尾は植村さんに秘密にしているの、気にしてました。リスナーにも負い目を感じてたみたいで」

「しゃべるのが苦手だっていいじゃないですか。そのままやってくれてよかったのに。それを受け入れてくれるのがラジオなのに」

「そんなに簡単じゃないみたいですよ、ありのままの自分をさらけだしてしゃべるのって」

「だからって」

「ぜんぶつくりこんじゃうのは、やり過ぎだと私も思います。でも藤尾が真面目ゆえの手段だったんです」

植村はなにも言えなくなった。納得したわけではない。小園に気圧されてしまったのだ。

「私はラジオをあまり聴いてこなかったので、あれがいい番組だったのかどうかはわかりません。でも挑戦させてもらえてよかったと思ってます。おかげで映画やテレビドラマの宣伝ができましたし、芝居のチケットも即日完売でした。佐々木もよろこんでいます」

「ラジオを利用したってことですか」

「結果、そうなっただけの話です。ちなみに完全台本のことは事務所どころか佐々木も知りませんので、どうかご内密に。ありがとうございました」

小園も踵を返して去っていく。

ひとり取り残された植村は台本を脇に挟んで、スマホを取りだす。そしてオールナイトニッポンの公式ツイッターを確認した。藤尾さん辞めないでの文字が羅列している。スマホカバーの内側に貼ったステッカーに目がいく。ラジオネーム〈まさか逆さまアンナ〉だった頃の自分といまも気持ちはおなじだ。一リスナーとして、自分が好きなラジオがおわることほど辛いことはない。

ごめんね、みんな。

スマホの画面に涙がぽたりと落ちる。そして止めどなく溢れでてきた。

「酔狂《すいきょう》なことやってんなぁ」

野々宮は第五スタジオを歩きまわりながら、憎まれ口を叩くように言った。いつからこのひとは、こんな話し方しかできなくなったのだろうと堂島はぼんやり思う。ディレクターだった頃も口は悪かったが、もっと陽気でこんなにねちっこくなかった。

「エピソード吸い上げて、一言一句まで台詞書いて、稽古して、放送。毎週やってたのそんなこと？　でもまあ、いいさ。これで番組つくれるならめっけもんだよ。加野くんもすごい才能だよ、これ」

「だんだんふつうのつくり方にしていくつもりだったんです。ところがよりいっそう、つくりこむようになってしまって」

一応、堂島は反論を試みる。隣に立つ加野はうなだれたまま一言も発しようとしなかった。

「どうだっていいんだよ、そんなの。それよか、ここ、ここ」コンコンコンと自分の言葉にあわせ、野々宮がホワイトボードを叩く。そして貼ってあった付箋を取り、そこに書いてある文字を読みあげた「〈E‐5　卒業を発表〉。ご丁寧にも辞める話も台本に書いたわけだ。どういうつもり？　なぁ、堂島。藤尾さんをどうにか引き止めることはできないかって、先週の夜、居酒屋で俺が言ったとき、できるかぎりのことはしてみますって、おまえ、約束したじゃん。なのになに、これ？　こういうの背反行為《はいはんこうい》っつうんだよ。わかってやってたのかっつうの。大問題だぞ。せっかく数字取れてたのによ。俺だって、あと少しでもつづけてもらえるよう、いろいろ交渉してたのに、ぜんぶ水の泡じゃん。あぁぁぁぁあ。番組おわるの悲しいってツイートいっぱいあるなぁ」

リスナーを悲しませる結果におわってしまったことは、本当に申し訳ないと堂島は心から思っている。ひとりひとりに土下座して詫びたいくらいだ。

しゃべりが不得意そうな、なんでこのひとが？　と思えるひとであっても、オールナイトニッポンは受け入れられるはずだ、そうすれば新しいタイプのラジオスターを生みだせると堂島は考え、藤尾にオファーした。でも二年近くつづけてきて、完全台本から離れられず、こんな自分がラジオをやってはいけないのだと追い詰めてしまった。要するに彼が辞めると言いだしたのは、自分のせいでもある。

「あのな。番組おわるおわらないを決めるのは、おまえらじゃない。そこ覚えといて。今回も勝手に発表したんだ、落とし前はつけてもらう。それに一言言わせてもらうがな。おまえらがどう思っているかは知らないが、俺は『藤尾涼太のオールナイトニッポン』が好きなんだ。だからおわってほしくなかったんだからな」

吐き捨てるように言い、野々宮は第五スタジオを飛びだしていった。

「はぁぁ、バレたかぁ」

「バレたねぇ」

堂島と加野はため息まじりで言いあう。

「すみません、加野さん。巻き込んじゃって」

「いいのいいの。ぼくは楽しかったし」

「そう言ってもらえると」

「最初は、とんでもないこと言いだしたと思ったけどどね」

「加野さんならばできるじゃんと思って」

話をしながら、ふたりでホワイトボードに貼ってある付箋や紙を剝がしていく。

「堂島さん、だいじょうぶなの？　野々宮さんに目をつけられて」

「あのひとにはもともと好かれてないんで。でもさすがに今回ばかりは年貢の納めどきだな。現場、任せますわ」

「仕方がないか。ふつうに考えても、現場にい過ぎたもんね」

「そこはもうちょっと引き止めてくんないと」

「はは。そっか。だけどほんと言うと、植村さんを育てるまでは、いてほしかったな。彼女、ディレクターになったとき、ぼくに仕事くれるかなぁ」

「どうでしょう。遅筆なの、バレてますからね」

そう答えたときだ。堂島のズボンの中でスマホが震えた。まさにその植村からだった。

「堂島さん、いま、どちらです？」

「五スタだけど、なにか用か」

「いやあの、放送後、ちょっと話そうって、おっしゃっていたんで」

そうだった。

「悪いけど、こっちにきてくれないか」

「わかりました」

「いいの？」電話を切った途端、加野が心配顔で訊ねてきた。「植村さん、これ知ったら、ショックなんじゃない？」

完全台本をつくるための資料はまだ、そこらじゅうに散乱した状態なのだ。

「彼女、純粋ですからね。でも根っこがラジオ好きですし、乗り越えられますよ。きっと」

「だったらいいんだけどねぇ。それにしても藤尾さんのフリートークを聴くまではやりたかったけどなぁ」加野がしみじみと言う。

「これっきりってわけじゃないですよ」堂島が慰めるように言った。「さっきだってまたやりたいって、言ってたじゃないですか」

「あれはぼくの願望も入っているけど」

「でも真に迫っていたから。思ってなきゃ、ああは言えませんって」

加野にむかって話しながらも、堂島は自分に言い聴かせていた。

いつか藤尾にはありのままの自分をさらけだして、ラジオでしゃべってほしいと心から願う。だれのためでもない、リスナーのためにだ。

それがラジオなのだから。

第二部

「おのれ、シャドーブラックッ。ひとの心の闇につけこんで、自分の思うがままに操るとは卑怯千万っ。ぜったいに許さないぞ」

やっぱカッコイイなぁ、藤尾涼太。

相原萌花《あいばらもえか》はため息を漏らす。彼女が座っているのは以前の植村杏奈の席だ。散らかし方まで植村から引き継ぎ、雑然としたデスクで、自分のスマホに見入っていた。先月から全四十八話の無料配信がはじまった『閃光戦隊シャイニンジャー』だ。おかげで藤尾涼太演じるヒカルがでてくる場面だけをチョイスして仕事の合間に見るのが、習慣というよりも、中毒になっていた。

相原は今年の四月にニッポン放送に入社、研修が済んでからADとして配属された番組はぜんぶで六本、朝昼晩と時間帯はバラバラで、曜日もバラバラ、製薬会社提供の健康番組や実力派声優のトーク番組、SDGsがテーマのちょっと硬派な情報番組など内容もバラバラ、生放送もあれば録音やポッドキャストもあった。

新人ながら要領よくウマいことやっていると自分では思う。もちろん多少のミスはあるものの、コミュ力を十二分に発揮し、上司や先輩、出演者に怒られることはほぼなかった。

それでも不規則な生活がつづき、高円寺の1Kのアパートには寝に帰るだけだと、人並みにストレスは溜まる。そんな相原を癒やしてくれるのが、藤尾涼太だった。

残念ながら今期のテレビドラマには出演しておらず、『キョウホ～愛する君のために走らない』、『黒戸秀《くろどひで》の事件簿』、『オタマジャクシの王子さま』、『片付け！ 倉庫ガール』などの過去のドラマ、さらには『姫、それはヅラでござる』、『コンダクター』といった主演映画まで、動画配信されているものは、片っ端から見まくっている。

そしてとうとう『閃光戦隊シャイニンジャー』にまで、いき着いてしまった。かれこれ十数年前の番組で、藤尾涼太はいまの相原よりも三、四歳下である。これがいい。たまらなくいい。台詞は辿々《たどたど》しく演技もぎこちない。演技派として一目を置かれる、いまの藤尾涼太とはだいぶちがう。しかし初々しくも溌剌としており、見ているだけで癒やしばかりでなく、仕事への活力をも与えてくれた。

もちろん相原は、『藤尾涼太のオールナイトニッポン』のヘビーリスナーだった。そもそもラジオ好きだったこともある。学生時代など多いときには週に二十本以上のラジオ番組を聴いていた。べつべつの放送局で時間帯が被れば、どちらか一方をラジコで聴くのが日課だった。

高校では陽キャで、オシャレに力を注ぎ、友達づきあいはかかさず、言い寄る男子達をテキトーにあしらう一軍女子だった。一軍仲間でラジオが話題にのぼったことなど一度もなく、それどころかスマホにラジコのアプリをインストールしている女子さえ皆無だった。そのためラジオ好きの事実をひたすら隠し通すしかなかった。

大学も似たようなものだった。相原は東北でも関東寄りの県の出身で高校をでて上京し、東京の大学に通っていた。その頃はすでにラジオ局に就職したいと考えていたこともあり、少しでも近づこうと、放送研究会に入ったものの、そこでもラジオのリスナーは少なかった。その部はアナウンサーを何人か輩出したとのことで、女子の大半がアナウンサー希望だった。それも全国の一軍女子が勢揃いしたような華やかさの中、相原も発声練習や原稿読みなどをやってはみた。しかし学祭をはじめとした大学の行事やイベントなどで、裏方を手伝いもした。すると人前で話すより、舞台裏で機材をいじっていたほうが面白くて性にあっていることに気づいた。そして裏方にまわりながらも、アナウンサー志望の女子とツルんで合コンに参加し、クラブに通い、言い寄る野郎どもをテキトーにあしらうキャンパスライフを堪能していた。相変わらずラジオについて語りあう相手はいなくても、ラジオへの愛情を失わずにいた。だからこそ、こうしてラジオ局に就職できたのだと相原は自負している。

しかしいまやラジオを聴く余裕はほとんどない。自分がADをしている以外のラジオ番組を聴くこともめっきり減ってしまった。

目の端に壁時計が見えた。午後十時を回っている。

やっべ。打ち合わせ、はじまってんじゃん。

相原は立ち上がり、スマホをオフにして、ズボンのポケットに滑りこませる。そしてデスクの上にあったCD数枚を抱え持って忘れ物はないか、チェックをしてからオフィススペースをでていった。廊下を歩いているあいだに、幾人かのスタッフと擦れちがい、だれに対しても「お疲れ様でぇす」と愛想よく、ハキハキと挨拶をしていく。途中、光の加減でガラスに映る自分を見て、前髪を整えた。

「よぉぉ、相原ちゃぁあん」

エレベーターがくるのを待つ五年だか六年先輩の社員が声をかけてきた。おなじ部署で、ロクに仕事ができないくせに、やたら先輩風を吹かす面倒な男だ。そんな彼にも相原はにこやかに応じる。こういう輩は味方にしたところでなんの役にも立たないが、敵に回すと厄介なことが多いからだ。

「この前ありがとな。控室を融通してくれて」

「ああ全然」

「お礼に今度よかったら食事でも」

その言葉が聴こえないふりをして、「お疲れ様でぇす」と言いながらその先にある階段を下っていく。

するとべつの面倒な男が階段をあがってくるのが見えた。アイドルオタクのディレクターだ。

「お疲れぇ」

「お疲れ様ですぅ」

「これいらない？　新曲の」

そう言って差しだしてきたCDは、彼担当の番組のパーソナリティであるアイドルグループのだった。

「あ、だいじょうぶでぇす、その子達のマネージャーさんからいただきましたぁ」

適当な嘘をついて軽くあしらい、相手がつぎになにか言う前に、さっさと階段を下りていった。

四階に辿り着き、オフィススペースに入っていくと、その片隅にホワイトボードを背にして立つディレクターの植村杏奈が見えた。彼女の前のテーブルにはミキサーの一ノ瀬、そしてノートパソコンとにらめっこしている放送作家の神田龍司《かんだりゅうじ》がいた。つまり『マイカのオールナイトニッポン0』のスタッフは相原以外、揃っていたのだ。

ミーティングは十時開始だもん、当然だよな。

相原は五分以上の遅刻だった。

「遅れてすみません、CD、さがすの手間取ってしまって」

今日、番組でかけるCDだ。選曲したのは植村で、その紙を渡されたのは午後八時過ぎだった。そのあとべつの番組の仕事を済ませ、CDルームへさがしにいったのは午後九時半、五分とかけずに見つけだし、自分のデスクに戻ってから、『閃光戦隊シャイニンジャー』の動画配信を見ていたのだ。

「ぜんぶあった？」植村が訊ねてくる。

「ばっちりです」と答えて相原は腰を下ろす。

相変わらずダサいな、このひと。

ホワイトボードの前に立つ植村の服装を見て、相原は胸の内で呟く。ファッション雑誌のキャリアウーマンむけのおすすめコーデを鵜呑みにして、まるまる一式購入してしまったような服装で、服を着ているというよりも服に着られているようにしか見えないのだ。デキる女をアピールしているようで痛々しい。一軍女子ではないにせよ、それなりにかわいいのだから、身の丈にあった服を着ればいいのにとアドバイスをしたくなる。

「えらいね、相原さんは」隣で一ノ瀬が言った。褒められるような真似はなにもしていない。「ミーティングまでにCDを揃えておくなんて、ADの鑑だよ」

なんだ、そんなことか。

「植村さんに言われたからやったまでに過ぎません」

「そっか。番組直前どころか、はじまってから取りにいって、見つけられずに曲がかけられませんでしたなんてポカがないようにするためか」

一ノ瀬は口元を緩ませ、植村を見上げている。そこで相原ははたと気づいた。

昔、植村がADだった頃、やらかしたミスにちがいない。

『藤尾涼太のオールナイトニッポン』を聴いていると、ときどきAD植村の名前がでてきた。人一倍ラジオ好きで熱心なのは間違いないのだが、そそっかしくてミスが多く、「またAD植村がなにかしでかしたようで」とよくイジられていた。それを聴く度に羨ましく思いながら、私だったらもっとウマくやって藤尾さんの役に立てるのにと思っていたものだった。

まさかそのAD植村の下で働くことになるとは。

ホワイトボードには植村の繊細な文字で、今夜の放送について大まかな流れが書かれていた。それを見つつ、植村が説明を進めていく。今夜の目玉は番組のノベルティグッズの情報解禁だった。

「マイカさんにはグッズを紹介してもらい、その流れでツアー告知にいこうと思うの」

テーブルの上にはまさに番組のグッズが、所狭しと並んでいる。ステッカーにキーホルダー、タオル、ブランケット、うちわ、バッグ、アクスタ、ペンライト、Tシャツなど盛り沢山だ。

『藤尾涼太のオールナイトニッポン』にもさまざまなグッズがあった。相原も番組本をはじめ、いくつか購入している。藤尾のファンで、リスナーでもあった和菓子会社の社長（男性）がノリと好意でつくったおせんべいと千歳飴なんてユニークなものまであった。おせんべいは番組名の焼き印が押され、千歳飴は切っても切っても藤尾の顔がでてくるものだ。しかし種類に関して言えば、マイカのほうが俄然多い。これはマイカがミュージシャンで、彼女のツアーと連動しているからだろう。

「それでね」植村は神田の隣に腰を下ろした。「グッズの紹介とツアー告知の部分も、神田くんが話し言葉に起こしてほしいの」

「いまのでじゅうぶん話し言葉になっていると思いますけど」

神田は苦虫を噛み潰したような顔になる。相原は『マイカのオールナイトニッポン0』のADになってから、神田と会ったが、しばらくして学生時代から彼を知っていたことが判明した。なんと『藤尾涼太のオールナイトニッポン』の常連のハガキ職人、〈イエスマン龍〉だったのだ。さらに本人に聴いたところ、ラジオネームをいくつも持ち、さまざまなラジオ番組に投稿していたという。

「もっとすんなりと流れがわかりやすいように」

「それだとだいぶ指定しちゃうというか、マイカさんが読むだけになっちゃいませんか」

「そこは神田くんの腕の見せ所でしょ。読んでもそう聴こえないように書いて」

「はい、あ、でも」

「まだなにかあるの？」

「これ以上書き加えると、ぼくの私見というか想像というか、創作が入ってきちゃいますが」

神田に言われ、植村は一瞬怯む。それでも「いいよ」ときっぱり答えた。「マイカさんも忙しくてトークを考えている暇ないだろうから、ひとつの例として台本があったほうが彼女も安心してしゃべれるでしょ」

「わっかりました」と言いつつも神田はいまいち釈然としていないのが、モロ顔にでていた。それに気づいているはずなのに、植村はあえてシカトする。

「こんなとこかな。他に確認したいことあるひと？」

「とくにないな」タイムテーブルに視線を落としたまま、一ノ瀬が答えた。

「ないでぇぇぇす」

相原はわざとギャルっぽい言い回しで言う。植村がちょっと睨んできたが気にしない。確認したいことがないのはたしかだ。しかし午前三時からの番組のミーティングを五時間も前にすることないんじゃない？　とは思う。

「今日もマイカさん、入りはギリギリになるだろうから、いつもどおりスタジオ直で打ち合わせして放送になるはず。神田くん、それまでに直した台本見せてちょうだいね」

「はい」

「じゃ、解散で。相原さん、ホワイトボード消しといて。あとグッズの見本、そこの段ボール箱に入れて、放送前にスタジオまで運んどいて」

「承知いたしました」と言いながら、相原は右手の指先を自分のこめかみに当て、敬礼の真似事をする。

「お疲れ様です」

植村はエレベーターホールのほうへ去っていく。その背中にむかって、アッカンベーでもしてやろうと思ったが、人目があるのでやめておいた。

「俺も先ぃ、スタジオに入っとくかな」

そう言い残し、一ノ瀬もいなくなる。テーブルを挟んで、相原と神田が残った。

「今日も言われてましたねぇ」

相原が話しかけても、神田は答えずにパソコンのキーボードを叩いていた。植村に言われたとおりに台本を直しているのだろう。

神田の生家は北関東の端っこの町にある、明治のおわりからつづく味噌醸造の会社だ。彼は長男でありながらも三歳下の弟に跡を継いでもらい、放送作家になるため一昨年、上京してきた。

しかしなんの伝手《つて》もなかった神田はニッポン放送の前で待ち伏せをして、玄関口からでてきた堂島に声をかけた。『藤尾涼太のオールナイトニッポン』をはじめ、担当する番組のパーソナリティのツイッターやインスタグラムで、堂島の写真がアップされることが稀にあり、それで顔を知っていたらしい。

神田は自分がハガキ職人の〈イエスマン龍〉であることを告げたうえで、どうしたら放送作家になれるのか、相談させてくださいと、その場で堂島に頼みこんだ。その頃、堂島はディレクターから外され、番組制作とはまったく無縁の営業部に異動していた。それでも神田の熱意にほだされ、彼の携帯番号を訊き、数日待ってほしいと約束した。

はじめに放送作家の加野に打診したものの、ぼくは弟子なんて取る身分ではないのでと断られてしまった。そこでべつの放送作家に話をしたところ、〈イエスマン龍〉の才能を高く評価していた彼は、ウチの事務所でアルバイトとして入ってもらおうということになった。実際、半年もしないうちに頭角をあらわした神田は、ニッポン放送の番組を何本か担当している。

とは言え先輩作家のアシスト的な役割であることが多い。『マイカのオールナイトニッポン0』もはじめのうちはそうだったが、最近は神田ひとりだ。先輩作家が多忙を極めているためとの理由であるものの、はたしてどうだろう。『マイカのオールナイトニッポン0』の仕事量というか、放送作家の負担はあまりにも大きい。というか、あり得ないことをさせられる。植村が大筋をつくり、台詞レベルの完全台本を書かねばならないのだ。完成してからも植村から細かなチェックが入り、書き直しを申し付けられることが常だった。それだけ植村がマイカのトーク力を信頼していない証拠だ。

なんにせよ放送作家としては異例な仕事で、他の番組の何倍も頭を使い、時間がかかる。なのにもらえるギャラは変わらない。先輩作家が逃げだして神田に任せたのではと勘繰りたくもなる。

「ねぇってば」

いくら話しかけても神田はキーボードを打つ手を止めずにシカトを決めこんでいた。そこで相原はマイカのアクスタが入ったガチャガチャの丸いケースを神田に投げつけた。狙ったわけではないが、ウマい具合に彼のおでこに当たる。

「な、なにするんですか」

「今日も植村さんに丸め込まれちゃったなって。もっと闘ってほしかったのに」

「面白がらないでください」

神田は上目遣いで相原を睨みつけてから、すぐさま作業に戻る。

「今度は私も加勢してあげよっか。そんなガチガチの台本じゃ、つまらないと思いますって」

植村に言いたかったこととはこれだ。

「いいですよ。ディレクターはあくまで植村さんで、ぼくはその意向に沿って書くだけですから」

「そんなんでプライド傷ついたりしないの？　イエスマン龍」

じつを言えば相原も学生時代、ハガキ職人だった。ラジオネームは〈モナカを食べてる最中《もなか》〉だ。しかし採用されることはほぼなかった。『藤尾涼太のオールナイトニッポン』では二年間のうち三回だけ、これでは職人とは言い難い。神田が〈イエスマン龍〉だと知ったとき、尊敬の念と嫉妬心が入り乱れた複雑な心境になった。それはいまも変わらない。厳しいシューカツ戦線を戦い抜き、めでたく希望のラジオ局に入社できた自分とちがい、堂島に頼みこんで、放送作家になったことにも、釈然としないものがあった。ズルいと思う反面、才能があったからこそだとも言えるからだ。

学生時代はぜったい三軍男子で、一軍女子の私なんか高嶺の花だったくせしてさ。

なんにせよ、おなじチームなのに気があわないのはたしかだった。

「やめてくださいよ、その名前で呼ぶの」

「他のひとだって、そう呼んでるじゃん」

「それはおまえを放送作家として認めていないぞ、所詮はハガキ職人だろっていう含みがあるからですよ」

「考え過ぎじゃない？」

被害妄想だと言ってもいい。

「なんにせよ、いまのぼくは放送作家としての実力を認めてもらわなければならないんです。プライドもなにもありません」そこでようやく、神田はパソコンから顔をあげた。「相原さんにはわからないんですか」

「なにが？」

「放送作家とハガキ職人はちがうんです」

「どうちがうの？　とくとお聴かせ願おうじゃないの」

「放送作家になって、いちばん大変だなと思っていることはですね。ハガキ職人は採用か不採用かの二択で、勝負をかけたネタをだして読まれなくても残念だったで済みます。でも放送作家はぜったい読まれます。つまりコンスタントに面白いことを考えつづけなければならないんです。毎回、ぜったい外せないわけです」

残念だったでは済まない。自分のメールを読まれないとヒドく落ちこんだものだ。番組はじゅうぶん楽しめても、悔しくて寝つけず、布団の中で朝まで起きていたことは何度もあった。

「そりゃ、きみの立場の問題でしょ。放送作家もハガキ職人も番組を面白くするって点ではおなじな立場だと思うべきじゃない？」

「ひぃぃぃぃぃぃぃぃぃ」

いきなり神田が奇声をあげ、髪の毛を両手で搔きむしった。最初、これを聴いたときには驚いたものだが、いまではすっかり馴れっこである。このくらいの奇行に驚いていてはこの業界、やっていけない。

「すっかり丸めこまれて、ちゃんと書き直すなんて、真面目だね。ばかまじめってとこか」

「労なくして益なしってことわざがあるでしょう」神田は口を尖らせて言い、ふたたびパソコンのキーボードを叩きはじめる。「この苦労がいつの日か報われるはずです」

「労多くして功少なしということわざもあるよ」

「うっさいなぁ」神田はぼやくように言う。「植村さんに言われたとおり、さっさとグッズを片付けて、スタジオへ運んだらどうですか」

「私だったら、もっとマイカさんに任せるけどなぁ」

「それができないから、ぼくがこうして台本を書いているんじゃないですか」

相原は手元にあったタイムテーブル表を筒のように丸め、ひょいと腰を浮かし、

「隙ありっ」と神田の頭をそれで叩いた。

「なにすんですか」

「余計なおしゃべりしてないで、さっさと台本書け」

「話しかけてきたのは、そっちでしょうが。まったく。あ、どこいくんです？

グッズ片付けないと」

「その前に充電してこなきゃ」

「充電器だったら貸しますよ」

「いいの、いいの。気にしないで」


充電するのは相原自身だった。

『閃光戦隊シャイニンジャー』の藤尾涼太がでているところをスマホで見るために、相原は自販機スペースに身を隠した。数シーンだけでも見れば、パワーがチャージできる。だがそうはいかなかった。

「よぉ、植村ぁ」廊下から男性の声がする。三十代前半の中堅ディレクターだ。

「あ、どうも」

すれ違いざまの挨拶かと思いきや、ふたりは立ち話をはじめてしまった。そっと覗きこむと、数メートルは離れているものの、植村はこちらが見える立ち位置だった。でていったら、ぜったい通りがかりに、なにか言われるに決まっている。それは嫌だ。相原はひとまず待機することにした。

「来週どっかさ、昼帯でスタジオ押さえてたりしない?」

「あぁ、ちょっと待ってください」植村がスマホを取りだして確認している。

「来週ゲスト回の収録なんだけど、向こうのスケジュールで昼に録らなきゃならなくなってさぁ」

「あれぇぇ、植村さん、ひさしぶりぃ」

ひょっこりあらわれたのは放送作家の加野だった。彼に呼ばれるなり、植村の顔が一瞬曇るのを、相原は見逃さなかった。

「あ、どうも」

「聴いてるよぉ、『マイカのオールナイトニッポン0』。歌のときはさ、信じられないくらいの声量で唄うのに、ラジオだとたどたどしいしゃべり方なのがいいよねぇ。ぼく、『夜明け前の食いしん坊』好きでさぁ。マイカちゃんが食レポもせず、ひたすらモノを食うって、よくまあ、あんなコーナー、思いついたね」

「ありがとうございます」

「ひとの番組を褒めてる場合じゃないでしょ」中堅ディレクターが言った。「植村、聴いてくれる？　加野さん、全然台本書いてくれなくて」

「あれはパーソナリティのふたりに任せた方が面白いからって言ったじゃない」

「こんなことばっか言ってさ。頼むよ、植村。ＡＤだった頃、堂島さんに付いていたよな。あのひとがどうやって加野さん操縦してたか教えてくんない？」

「どうでしたかね」植村は首を傾げる。「すみません、スタジオ、持ってませんでした」

「え、そうなの？　困ったなぁ」

「失礼します」

植村はその場から逃れるようにして歩きだし、自販機スペースのほうにむかってきた。まさか飲み物を買いにくる？　藤尾涼太を充電している余裕はなさそうだ。廊下をでようとしたところ、べつのだれかが植村を呼んだ。

「いまちょっといい？」

プロデューサーの野々宮だった。自販機スペースから覗き見ると、壁一枚むこうのほぼ目の前で植村が立ち止まっていた。

「なんでしょうか」

「最近、調子いいねぇ」

「はあ、まあ、なんとか」

「マイカさん、安定してきたよな。前は聴いててヒヤヒヤしたけど。やっぱあれか」

そこで野々宮は声をひそめた。「堂島式のおかげっしょ？」

その言い方たるや、時代劇の悪代官《あくだいかん》のようだった。

堂島式というのは予め準備した完全台本をパーソナリティに渡し、あたかもアドリブのように、それも生放送でしゃべらせてしまう、まさに『マイカのオールナイトニッポン0』の手法のことだ。

堂島式と呼ばれているのは、いまは他部署にいる堂島がディレクターの頃、しゃべりが下手なパーソナリティのため、苦肉の策として編みだしたからだ。入社してすぐ、この話を耳にして、そんなことが可能なのかと疑ったものだ。まさか自分がその堂島式の番組のADになるとは思ってもみなかった。心のどこかでリスナーを騙しているような気がしてならない。しかし完全台本がなければマイカは話せないのはたしかだし、番組も好評だった。

「そうですね。まだ探り探りですが」

「最初はどうかと思ったけど、なかなか便利な代物だよな。アレさえあれば、どんなにしゃべりが苦手な人間でも二時間の番組を乗り切ることができるんだもんな。発明と言ってもいい。堂島唯一の置き土産だよ。それを植村が引き継ぐとは思わなかったけどさ」

「あの、ご用件は？」

「もう一本、新番組の担当してほしいんだ」野々宮はクリップで綴《と》じた数枚の紙を、植村に差しだす。「これ、企画書。時間があるとき、目ぇ通しといてくんない？パーソナリティは」

野々宮が名を挙げたのは、デビュー三年目だが、最近には珍しい骨太な本格ロックバンドで、ボーカル担当の男性だった。

「しゃべれるんですか、あのひと？」

「しゃべれないよ」野々宮はあっけらかんと言う。「ライブでもMCどころか曲名もろくに言わないほどで、見た目どおり無骨で寡黙《かもく》らしい」

「どうしてそんなひとをラジオに？」

「そんなひとだからこそ価値があるわけよ。となれば当然ここは堂島式でいくのがいいかなと」

　植村からの答えがない。さきほど加野を見たときとおなじように顔を曇らせている。今度は長かった。

「どうした？」

「あ、いえ。承知しました」我に返ったかのように植村は返事をする。

「もうちょっと先だからさ。マイカさんのを書いているのって、イエスマンくんって言ったっけ？」

「はい。まだ新人の放送作家なんですが、勘所《かんどころ》がいいうえに書くのが速いので重宝しています」

「そういう作家いっぱい育てといてよ。これからも堂島式を増やしていこうと思うんで」

　どこからかスマホの震える音がした。植村のだった。スタジオの確認のためにだしたスマホを、まだ左手に握っていたのだ。彼女はその画面を見る。

「すみません、マイカさんのとこから」

「おう。じゃ、新番組の件、よろしくな」

　野々宮が去ってから、植村はスマホを耳に当てる。ウマい具合に、こちらに背をむけた姿勢になった。いまがチャンスだ。相原は廊下をでて、小走りにオフィススペースへとむかう。

「はい、植村です。お世話になってます。どうなされました？　え？」


今夜、『マイカのオールナイトニッポン0』の生放送をおこなうのは第二スタジオだ。新人研修ではじめて入ったとき、自分がいままで聴いてきた数々のラジオ番組が、ここから発信されていたのかと、相原は感動のあまり打ち震えたものだった。聖地以外何物でもない。さすがに慣れてはきたものの、それでも深夜の放送中など、自分がこの場にいるのが不思議でたまらない気持ちに襲われることが、いまでもときどきあった。

グッズを詰めこんだ段ボール箱を両手で抱え、相原が入っていくと、一ノ瀬がミキサー卓で調整作業をしていた。その横顔は真剣そのものだが、口の端に笑みがこぼれているようにも見えた。ミキサーをいじっているときがいちばん活き活きしているのだ。働くオトナとしてはあるべき姿かもしれないが、若干キモいのも事実だ。

いっしょに働いて、かれこれ半年になるが、口数が少なく、なにを考えているか、いまいち摑みどころがなかった。他のオジサン達はニコニコ笑って、適当にあしらっておけば済む。だが一ノ瀬だとそうはいかなかった。内心を見透かされている気がしてならない。高校のときも似たようなタイプの教師がいたのを思いだす。ただの気のせいかと思いきや、悪さをしているのがすっかりバレていたり、心配事を言い当ててアドバイスをしてきたりして、マジでビビったものだった。でもそうしたタイプの人間を相原は嫌いではない。信頼が置けるし、親近感もあった。

「一ノ瀬さん」

相原はＡＤ席に腰を下ろしてから声をかけた。グッズが入った箱はひとまず足元に置いてある。

「ん？」

「一ノ瀬さんって、『藤尾涼太のオールナイトニッポン』もミキサー入ってたんですよね」

「うん」

「植村さんもＡＤでいて」

「後半ね」

「植村さんって昔からああなんですか。なんかいま仕事デキル風でやってますけど。二年前の放送ではけっこう放送の中でもイジられたりしてたじゃないですか。ポンコツＡＤみたいな感じで」

「もう二年も前かぁ」

「そうですよ。あ、そうだ」相原は立ちあがり、ミキサー卓に寄っていく。「最終回、じゃなくて番組をおわらせるのを発表した百回目のとき、ラジオドラマでミスがあったでしょう？　私もどんな場面だったか、はっきり覚えてはいませんが、アイドルグループの歌が突然流れてきて。あれって、ぜったい植村さんのセットミスだと思うんですよね。実際のところどうなんです？」

「あったっけ。そんなこと」

「覚えてないんですか」

「うん。毎日いろんな番組をこなしているんで、いちいち内容まで覚えていられないからね。でもまあ、植村さんに関して言えば」

「なんです？」

「ADの頃は必要最小限のことしか、しゃべらなかったな」

「いまはあんなに小うるさいのに？　意外」

「おい、こら。卓に寄りかかるんじゃないよ」

「あ、すみません、すみません」一ノ瀬に注意され、相原はミキサー卓から遠ざかる。

「でも酔うと饒舌になってね。どうしてラジオの仕事をしているんですかとか、学生時代に聴いていたラジオ番組はなんですかとか、どのくらいラジオを愛していますかとか、ラジオについてやたら訊ねてきて」

　ウザッ。

　危うく声にだして言いそうになったのを、相原はぐっと堪えた。呑みにいかないかと何度か、植村に誘われたことがある。だがその度に相原は適当な理由をつけて断った。正直なところ、いっしょに呑んでも楽しそうではなかったからだ。自分の判断は正しかったと言えるだろう。

「あとひとりのときはなんかブツブツ独り言言ってたりはしてたけど」

怖っ。神田の奇声よりもヤバい。

「最近はなくなったな。ディレクターになってからは頑張ってるんじゃない」

「植村さんにラジオについて訊かれたとき、一ノ瀬さんはなんて答えたんですか」

ふと気になり、相原は訊ねてみた。そういう話を聴いたことがなかったからだ。

「俺、この仕事をするまで、とくに聴いたことなかったんだよね、ラジオって。音楽は好きでさ、高校んときはバンドでベースやってて」

一ノ瀬がベースだったのは妙に納得ができた。バンドにおいてベースの役割と言えば、リズムのコントロールとコードの土台づくりだ。つまりベースがいてこそ演奏が成り立つ。ラジオ番組もミキサーがいるおかげで放送できるのとおなじように思えたからだ。

「ライブハウスでバイトしているうちに、音響に興味が湧いてきて、高校をでてからはサウンド系の専門学校に通ってたんだ。で、気づいたらここにいたって感じなんだよね。機材にめちゃくちゃ明るいわけでもないし、整音とかの技術系の仕事も得意じゃないんで、俺にはピッタリな仕事なのはたしか」

「いままで印象に残ったラジオの仕事ってなんです？」

相原は重ねて訊ねた。ラジオ好きが高じてラジオの仕事に就いた自分や神田、植村とはちがうスタンスでラジオに携わる一ノ瀬の話が新鮮であり、興味深かったのだ。

「そうだなぁ」

一ノ瀬はミキサー卓をいじりながら、有名なミュージシャンの名前を挙げた。相原にとっては親の世代がドストライクで、オールナイトニッポンを担当したこともあるひとだ。

「彼の野外公開の収録イベントかな。俺がまだ二十代なかばでさ、ミキサーとしては最初の大仕事だったんだ。生演奏の音がイイ感じに録れて、イイ音だったねって、彼に褒められたときは痺れたな。でもそれ以上に感動したのは、集まったお客さんの数と熱狂だった。このひと達がいつも俺がミキシングしている音を聴いているんだと思ったら、けっこう胸に迫るものがあったよ。それ以来、こうしてスタジオでミキサーを操作するときも、気を抜かず、自分なりにこの仕事に誇りを持って取り組むようになったんだ。だからきみも」

一ノ瀬はそこで言葉を止めた。

「どうしました？」

「柄にもなく説教じみたことを言いかけたんで、やめたんだ。気にしないでくれ」

誇りを持って仕事をしなさいとでも言うつもりだったにちがいない。やはりこのひとは、他人の気持ちを見抜くことができるのだ。

「一ノ瀬さんって意外とひとのこと見てるんですね」

「見てないよ」一ノ瀬は自分の耳を指で軽く叩く。「聴いてるだけ」

声の調子でひとがなにを考えているのか、わかるというのだろうか。いよいよもって油断がならない。さらに気になることを訊ねてみる。

「藤尾涼太って、どんな感じのひとでした？」

「どんな感じって言われてもなぁ。声はよかったよ。舞台をやっているだけあって、歯切れがよくて聴きやすいんだよね。感情の表現を言葉だけじゃなくて、声の強弱でもできてたよ。ミキサーとしてはそのへんのメリハリの調整が悩みどころでさ。さっききみが言ってた、番組内のラジオドラマのときなんかとくにそうだった。でもやってくうちに、藤尾さんもわかってきて、たとえば声を張りあげる一瞬手前で、俺に視線を送ってきてくれるんだよね。よその仕事もあんなふうに技術スタッフにまで気を回せるひとだと思うな、きっと」

さすがは私の推しだ。惚れ直してしまうではないか、藤尾涼太。

「だけどなんで、藤尾さんはたった二年で、オールナイトニッポン辞めちゃったんです？　当時、ネットでは大河ドラマの主演が決まったにちがいないとか、ハリウッドに進出するためアメリカに移住するからだとか、いろんな噂が流れましたけど、ぜんぶガセでした。一ノ瀬さん、知りません？」

「俺、そういうの興味ないんでね」

「興味なくても現場にいれば」

「ちょっと確認したいんで、CDをセットしてみてくんない？」

一ノ瀬の口調は変わらない。しかし有無を言わせぬ強さはあった。

「はぁい」これ以上、藤尾が辞めた理由を訊ねたところで、教えてくれるとは思えない。相原は諦め、作業に取りかかった。「確認ってなんの確認です？」

「三日前、べつの番組の直前、ミキサー卓の調子が悪くなったことがあったんだ」

「どんなふうにです？」

「光るはずのないボタンが光ったり、その逆もあって」

「それじゃ、どのボタンでどの音がでるのか、わからなくなっちゃいません？」

「まさにそのとおり。でもまあ、事前に対処しておいたし、本番はじまったら直っていたんで、事なきを得た。あとでメーカーさんにきてもらったんだけど、とくに不具合はないので、もう少し様子見てもらえないかって」

「このスタジオ、だれかの恨みを買ってたり、呪われたりしてんじゃないですか」

冗談交じりに言いながら、相原はケースからだしたCDを、プレーヤーにセットする。

「実際、お祓いしたらどうかって話もでているらしい」

「マジですか」

しばらく一ノ瀬がミキサー卓をいじるのを、相原は眺めていた。時折、スピーカーからCDの曲やジングルなどが流れてくる。

「とくに問題はなさそうだな。だったらどうしてあんとき、ああなった？」

一ノ瀬が自問するのを聴きながら、相原はデスクに置いたスマホに視線を落とす。ロック画面に通知が届いていた。なにかなと思い、見てみると信じ難い文面が綴られていた。

「一ノ瀬さんヤバいですよ。やっぱ、このスタジオ、呪われているかも」

「ああ？」

「これ見てください」

相原は一ノ瀬に近づき、スマホの画面を見せる。

「呪われているかはさておき、こいつはヤバいな」

「私、植村さんに確認してきます」

第二スタジオを飛びだし、オフィススペースを通り抜けていく。その片隅のテーブルでは神田がパソコンのキーボードを叩きつづけている。まだスマホに届いた一斉メールを見ていないのだろう。

「イエスマン龍」

「その名前で呼ぶなって言いましたよね」

「これ見た？」神田の目の前にスマホをかざす。「読んでご覧」

「〈本日マイカが音楽番組出演後、体調不良を訴え、大事を取り、静養すべきとのことで、本日の本日のオールナイトニッポン0は欠席させていただくことと致しました〉。ま、待ってください。マイカさんが欠席で中止ってことは、ここまで書いた台本がまるまる無駄に」

「体調不良じゃあ、しょうがないよ。イエスマン龍、どんまい」

さすがに気の毒になり、励ますつもりで神田の肩をぽんと叩く。その途端だ。

「ひ、ひ、ひぃぃぃぃぃぃぃい」

神田がいつもの奇声をあげる。相原は逃げるようにして走り去った。


階段を駆けのぼり、六階のオフィススペースに入ると、植村がデスクに座り、パソコンを操作しているのが見えた。近寄って事情を聴こうとしたが、できなかった。

「植村ぁ、メール見たか」野々宮が大声で呼びかけながら、植村に近寄ってきたのだ。「やばいぞ、マイカさん欠席だって。どうすんだ、これ。急いで代打さがさないと。なぁ、代打っ」

「わかってます」

植村は立ちあがり、どこへむかうのか、歩きはじめた。まとわりつくように野々宮が少しあとを追いかけていく。さらにそのうしろを相原はついていくしかなかった。

「待てよ、聴けって」「わかってます」

「代打さがすにしても条件がある」「わかってます」

「いいか？　代打を引き受ける文脈があること」「わかってます」

「大御所過ぎないこと」「わかってます」

「できれば同事務所、または事務所パワーバランス的に問題ないこと」「わかってます」

野々宮が言うことに相槌を打つように、あるいはうわ言のように、植村は「わかってます」を繰り返す。パニクっているにちがいない。それはそうだ。放送開始四時間前に欠席しますと一方的に告げられたら当然である。

「なんとかさがしますので」

「で、理想はパーソナリティ経験があること」

野々宮のその言葉で植村はピタリと立ち止まり、振りむいた。

「心当たりがあるのか」

「あの」

「おっと、そうだ。代打として駄目な条件もあったわ。自分から番組を降りた経歴があること。いいか、いい候補だしとけよ。おまえの枠なんだからな」

野々宮はそう言い残すと踵を返し、オフィスへ戻っていった。相原と擦れちがっても気づいた様子はない。彼は彼でパニクっているのだろう。

「植村さんっ」

どういうわけか、植村は廊下の先にある第五スタジオへ入っていこうとしていた。相原の呼びかけにドアにかけていた手を止める。

「あ、相原さん。メール見た？」

「見たからきました。どうなるんですか」

「これから代打でやってくれるひと、さがすとこ」

「いまからですか。間に合います？」

「急がないとね」

「ちなみに、だれになりそうとかってあるんですか」

「えぇと」

「ちょっと考えてみたんですけど、藤尾涼太さんって説、あったりしません？」

相原は思い切って言ってみた。ここへくる途中、四階から六階にのぼる階段で閃いたのだ。まずい。鼻息が荒くなっている自分に気づく。これでは藤尾涼太が自分の推しだとバレかねない。軽く咳払いをして息を整えてから、話をつづけた。

「マイカさんとは一回、映画で共演していますし、事務所もマイカさんはミュージックの方ですけど、おなじブライトプロ系列だし、こういうときの対応も上手そうじゃないですか」

「難しいよ。今日、急には」

「でも植村さん、藤尾涼太と関係値ありますよね」

難色を示す植村に、相原は思わず強気にでてしまう。

「そうでもないよ。番組おわる間際に、ちょっとAD入ってただけだから。それにいま野々宮さんが言うの、聴いてなかった？　代打として駄目な条件として、自分から番組を降りた経歴があることって言ってたでしょ」

「あっ」あれは藤尾涼太のことだったのか。

「とりあえず神田くんに代打放送の冒頭のところだけでも、台本書いておくように言っておいて」

「了解です」ここはおとなしく引き下がったほうがよさそうだ。尊き推しに会える絶好のチャンスだと思ったが、諦めよう。「他にやっといたほうがイイことあります？」

「いまのところはないな。なにかあればまた声かける」

「はい」

四階に戻ると、オフィススペースの片隅で、神田はフリーズしていた。気持ちはわかる。苦労して書いた完全台本がマイカの欠席によって無駄になってしまったのだ。だがまだ働いてもらわねばならぬ。というか、いまからが勝負なのだ。

「イエスマン龍」テーブルを挟んで真向かいの椅子に、相原は座った。「あなたにやってもらわなきゃならないことがあるの。代打放送の冒頭を書いてくれない？」

「代打、決まったの？」

「まだだよ」

「だれがやるのかわかんないのに書けっこないだろ」

「そこはほら」と話をつづけようとしたときだ。

「ここ、いい？」どこからともなく加野が姿を見せた。

「え、あ」神田は目をぱちくりさせる。

「かまいませんが」

そう答えながらも相原は訝しく思う。夜も十一時近く、オフィスにはほとんどひとはおらず、テーブルもデスクも座り放題だ。

なのになぜわざわざ私達がいるこのテーブルに？

加野は神田の隣に腰をおろし、抱え持ったノートパソコンをテーブルに置いて開いた。

「か、加野さん、あの、ぼく」

「知ってるよ、神田くんでしょ」

「はい。よくメールを読んでもらって」

「面白かったよね、イエスマン龍。いまでも何個かネタも覚えているくらいだ」

悔しい。私だって〈モナカを食べてる最中〉のネタ、面白かったと言われたかったと相原は胸の内で歯ぎしりをする。

「ごめんね」突然、加野が神田に詫びた。

「なにがですか」

「ぼくに弟子入りしたいって堂島さんに言ったんでしょ？　きみ。なのに断っちゃって」

「い、いえ。あの、とんでもない。加野さんには加野さんの事情のおありのことですし」

「ぼくね。縦の繋がりよりも、横の繋がりのほうが好きで、大切にしたい質なんだ。いまこうして放送作家になったきみは、ぼくと横の繋がりができたわけだからさ。なかよくしようね」

「こ、こちらこそ。ぼく、加野さんが担当した番組すごい好きで」

「ほんと？　ありがとう。神田くんも頑張ってるじゃない。若いのに、いいセンスしてるなって思うよ。とくに『マイカのオールナイトニッポン0』はサイコーだね。人伝に聴いたんだけど、いまはきみひとりで書いているんだって」

「あ、はい」

「『妄想誕生日会』や『マイカのひとりでできるもん！』、『弾き語りのコーナー』

とかって、きみが考えた企画？」

「ええ、まあ、そういうことになります」

「ぼく、誕生日を祝ってもらえないマイカさんのためにみんなで考えるっていう『妄想誕生日会』がとくに好きでさぁ。ハガキ職人からのウケ狙いのと、ガチファンからのマイカさんを本気でよろこばせようっていうのが交じりあっているのがいいんだよなぁ。リスナーとラジオをつくってる感じでさぁ」

「あ、ありがとうございます」

「無理に笑いを取りにいかないで、マイカさんって素材を使うのがウマいんだよねぇ、きみは。ときどき深夜ならではの突飛な企画をやるのもイイよねぇ。滑舌が悪いから、ラジオにむいていないんじゃないかってマイカさんの悩みを解消すべく、局アナのおえらいさんにきてもらって、発声練習や早口言葉を一時間半、まるまるやった回があったでしょ。局アナさんが熱血型のコーチで、けっこうマジに練習っていうか特訓していったら、マイカさんが次第にウマくなって、聴いているうちに、こっちまで熱くなってきてさ。夜中にもかかわらず、頑張れマイカって、公式ツイッターでチョー盛り上がったんでしょ。最後、マイカさんがニュース原稿を一度もつっかえずに流暢に読んだときには感動的ですらあった。でもそれだけやったのに、翌週は滑舌が悪いしゃべりに戻っていたのがまた、面白かったんだよなぁ。こうじゃないと私じゃないみたいだからって。じゃあ、最初の悩みはなんだったたんだって話だよね」

「お褒めいただいて大変恐縮なのですが」神田は困り顔で言った。「あの回、じつはどうしても台本ができなくて、植村さんに泣きついて、どうにか成立した企画だったんです」

「そうだったの？」

「やっぱりぼくにはハガキ職人のほうがむいていたかもしれません」

　神田は肩をすぼませ、うなだれている。

「どうしてさ」加野が訊ねた。

「面白いネタは考えられても、なにを話してもらえば番組が面白くなるのか、いまいちわからないというか。ぼくの書いた台本が、パーソナリティの言葉として読まれると思うと、どうしても前みたく書けなくて。すみません、こんな急に」

「そんなに気負わなくてもいいんじゃない？」

「え？」

「作家って言ってみれば、いちばんのリスナーでしょ？　だから言わせるって意識じゃなくて、これ話してほしいなっていうことを書けばいいんじゃないかな」

「はぁ」

「ラジオの台本って不思議なんだよね。台本が面白くても、それが番組の面白さを担保《たんぽ》してくれるわけじゃないし、究極、台本がなしでもできる。台本からまったく外れちゃったほうが面白いこともあるでしょ」

「そうですね」

「だからラジオの台本って、パーソナリティがしゃべりだす、いいきっかけになればいいんだよ。それってじつは台詞を書くよりも難しいし、ぼくなんか書かな過ぎだって、よくディレクターに怒られるけど」

「しゃべりだすきっかけ、ですか」

「それ、今日の台本？」

「あ、はい。結局、使わなくなっちゃいましたけど」

「ちょっと見せてもらっていい？」

「え、でも、加野さん、ご自分のお仕事は？」

「そっちはどうにでもなるから心配しないで」

加野は台本をめくりだす。その様子を目の当たりにして相原は訝しく思う。自分も神田も今夜の放送をマイカが欠席する話を加野にはしていない。なのに使わなくなった理由も訊かず、いきなり台本を奪い取ったのはどうしてだろう。

なんにせよ、ここにいてもあまり自分は役立ちそうにない。第二スタジオにいこうかと思ったが、やはり代打が気になる。

相原はふたたび植村の元へいくことにした。

あれ？　いないなぁ。

六階のオフィススペースをぐるりと見回す。しかし植村の姿はどこにも見当たらない。

どこいっちゃったんだろ。

さきほど植村が、だれもいない第五スタジオへ入っていこうとしたのを相原は思いだす。踵を返して駆けだすと、こちらにむかって歩いてくるひとがいた。堂島だ。現場を離れてひさしいのに、こんな時間までなにをしているのだろう。そう思っていると、彼は第五スタジオへ入っていった。ドアは開けっ放しで灯りも点いている。つづけて「おぉ、植村」と堂島の声が聴こえてきた。

やっぱ、あそこにいたのか、植村さん。

相原は忍び足で第五スタジオまで近寄っていく。

「聴いたよ。大変だな」

「はい」

「どうするの」

「それはいま考えていて」

堂島と植村の話す声がする。ドアの間近まで辿り着くと、相原はそっと中を覗きこんだ。ふたりはサブルームにいて、堂島はディレクター席に座り、植村はテーブルにノートパソコンを広げていた。

「藤尾さん、空いてないのかな」

堂島の言葉に、相原は危うく声をあげそうになり、慌てて両手で口を塞いだ。

「マジですか」と植村が訊き返す。

「なんだよ」

「堂島さんがそう言うとは思わなくて」

「そう?」

「だって知ってるじゃないですか。藤尾さんがなんでラジオを辞めようと思ったのか」

相原はさらに聴き耳を立てる。

「うん、そうだね」

「だったら」

「それ聴いてさ。植村はどう思った? 納得した?」

「それはあの」植村は言葉を濁《にご》す。納得できなかったにちがいない。藤尾が辞めた理由を知らない相原には歯がゆくてたまらなかった。

「俺もだよ。もっとつづけてほしかった。ラジオはもともとしゃべりが達者ってひとだけのものじゃないし。むしろいろんな積み重なりがあってできた声のほうが響くこともあるからな。藤尾さんももうちょっとで、自分の言葉を見つけられる気がしたんだよ。でもそのときは、『そんなことないですよ。つづけましょうよ』としか言えなかった。情けないよな、ラジオディレクターだったのに。簡単じゃないよ。思ってることとか本音とか、言葉で伝えるのって。でもしゃべらなきゃはじまらない」

待てよ。待って待って。メチャクチャ気になることをいま言ったぞ。動画ならば巻き戻して確認したいところだが、現実はそうはいかない。

「これ、渡しとくわ」立ちあがった堂島が、二枚の名刺をテーブルに置く。「結局、植村がどうしたいかだと思うよ」

まずい。

そのまま堂島が第五スタジオをでてきたのだ。相原は逃げるタイミングを失ったばかりか、堂島とぶつかりかけてしまった。

「お、すまんな」

「あ、いえ」

「相原さん?」スタジオの中から植村が呼びかけてきた。

「は、はい。神田くんには代打放送の冒頭を書いておくよう、伝えておきました。それであの、なにかあった場合、植村さんのそばにいたほうがいいと思いまして」

相原が言い訳めいたことを言っているあいだに、堂島はいなくなっていた。

「あ、でもジャマなようでしたら、べつのところに」

「たしかにいてくれたほうが助かるかも。ちょっとこっちきてくれない?」

植村が腰をあげる。どこへいくのかと思いきや、彼女はおなじ第五スタジオのブースの中へ入っていった。相原はそのあとを追う。そしてふたりはテーブルを挟み、むきあうカタチで座った。まるでパーソナリティと放送作家のようだ。

「相原さん、メモ帳持ってたよね」

「はい」ディレクターに言われたことをメモるのに、最初のうちはスマホを用いていたが却って面倒で、メモ帳に手書きするようになった。上がリングで綴じてある手の平サイズのものだ。

「紙、何枚かもらえる？」

「かまいませんよ」数枚切って植村に渡す。

「ペンも貸しましょうか」

「お願い」

そして植村は大きく息を吐いてから、紙になにやら書きだす。相原は二枚並んだ名刺をこっそり見る。どちらもブライトプロのマークがあり、佐々木と小園という名字だけわかった。どちらも思いあたる筋《ふし》がある。

十分ほどで植村はペンを置いた。自分が書いたものを黙読してから、彼女はスマホを手に取った。そして堂島から受け取った名刺のうちの一枚を見ながら、画面を押していく。呼び出し音が鳴りだすと、スマホをテーブルに置き、スピーカー機能に切り替えた。相原にも聴かせるためだろう。数コールしても応答はないが、植村はかけつづける。やがて相手がでた。

「はい、小園です」

藤尾の敏腕《びんわん》マネージャーにちがいない。藤尾と彼女がマンションをでるところを写真に撮られ、週刊誌に載ったのを相原は思いだす。

「夜分遅くに失礼します。ニッポン放送の植村です」

「あ、ご無沙汰しております」

「おひさしぶりです。あの私、いまはディレクターをやっておりまして、本日、担当番組のパーソナリティが急遽、欠席することになり、そのことについて藤尾さんにお願いしたいことがあり、ご連絡しました」

植村は自分が書いた紙を見ながら話をしている。

「藤尾にですか」

「はい」

「ご存じですよね。藤尾がラジオを辞めた理由」

「もちろんです」

少し間があった。相原に聴こえるのが自分の鼓動だけになる。

「理由を聴かせてもらうことはできますか」敏腕マネージャーの声が鋭くなる。「それとどうして佐々木ではなく、私に連絡を?」

佐々木は小園の上司で、藤尾のチーフマネージャーだ。たしかに代役を頼むのであれば、電話をすべき相手は佐々木のほうだろう。しかし彼の名刺も堂島からもらっていたのに、植村はわざわざ小園にかけたのだ。

「二年前、番組がおわることを発表した日、藤尾さんに言えなかったことがあるんです。きっと小園さんなら、ちゃんと伝えてくれると思いまして」

植村は紙から視線を外さない。想定内の質問だったらしい。それにしてもだ。藤尾さんに言えなかったことってなに？　辞めたことに関してなの？　なんだよもう。さっき藤尾涼太との関係値はそんなにないようなこと言ってたくせしてどういうこと？

「わかりました。藤尾はいま、収録の控え中で、すぐ近くにいます。本人に確認を取って、折り返し電話をします。五分ほど待ってもらえませんか」

「お待ちしてます」

電話を切ると、植村は目を閉じ、大きくため息をついた。敏腕マネージャーVS元ポンコツAD、第一ラウンド終了、ひとまずドローといったところか。

相原は植村のスマホケースの内側に貼ってあるステッカーに気づいた。十年以上昔、ラジオ界のレジェンドと呼ばれるパーソナリティの番組のノベルティグッズだ。

「植村さん、そのステッカーって」

いま訊くことかと思ったが、訊かずにはいられなかったのだ。

「相原さん、この番組知ってるの？」

「知ってるなんてもんじゃないですよ。ラジオを好きになったきっかけの番組です。面白いだけじゃなくて、ちょっと硬派なとこもあって大好きでした。ステッカー持っているってことは、もしかして植村さん、あの番組でメール読まれたんですか」

「まあね」植村は照れ臭そうに言いながらも、ちょっと自慢げだった。「聴きはじめたのが十三歳のときで、私が大学入った年におわっちゃったんだよね。そのあいだ三回読まれたからステッカーは三枚あってさ。ラジオの仕事をはじめるに当たって、作り手であると同時に一リスナーとしての気持ちを忘れないよう、常に持ち歩いているスマホのケースの内側に貼ったんだ」

「どのコーナーで読まれたんです？『絵描き歌合戦』ですか。それとも『読んだふり世界名作集』？『勝手にウィキペディア』？『世にも不思議な校則』？あ、『言い訳の神様』ですか」

「私、そういうコーナーのネタをつくる才能がなかったから、採用されたのはぜんぶ、ただのフツオタだったの。自分の日頃の悩みをほぼ毎週、送ってて」

「たとえばどんなのです？」

相原はなおも訊ねた。ラジオの話となると、どうしても止まらなくなってしまう。植村も嫌な顔ひとつせずに答えてくれた。

「私はひとに思っていることを伝えるのが苦手です。どうしたら、そんな風に本音でしゃべることができますかって」

「なんて答えでした？」

ラジオ界のレジェンドはどんな質問に対しても、冗談交じりでありながらも、真摯に答えてくれたのだ。いま思えばそこが人気の秘密だったように思う。

「ぼくだって、ふだんはこんなにしゃべるわけじゃない、ラジオは特別というか、嘘ついてもバレちゃうので、できるだけ本音でしゃべるようにしている。そういった意味ではラジオはぜんぶ吐きだせるし、受け入れてもらえる。でもラジオだけが世界だとは思わないで。いつか目の前にいるひととも、ちゃんと話ができるようになってください。これはバリバリ自戒をこめてだけどって」

「その答え、うっすら覚えていますよ。ラジオ界のレジェンドが、ラジオだけが世界だとは思わないでと言ったのが意外っていうか、ちょっとショックだったんで」

「私もそうだった。だから当時はピンとこなかった。だけどラジオ局に入社して、まさにラジオだけが世界の場所にいると、それがひしひしとわかってきたんだ。いまだに目の前にいるひとと、ちゃんと話ができないし」

「そんなことないですって。目の前にいる私とこうして、話しているじゃないですか」

「それは」植村はあたりを見回した。「ラジオブースの中だからかな」

スマホが鳴った。

敏腕マネージャーVS元ポンコツAD、第二ラウンド開始かと思いきや、そうではなかった。

「藤尾涼太です」

「夜分に恐れ入ります。ニッポン放送の植村です。覚えていますでしょうか」

「はい。覚えています」

「今日は藤尾さんにお願いしたいことがあり、ご連絡しました。私はいま、わけあって今夜、話してくれるパーソナリティをさがしています。それで急な話ではあるのですが」

「植村さん」

「はい」

「無理です。他の方を当たったほうがいいと思います。だって、知ってますよね。今夜、急になんて、ぼくにはとても。それに自分をつくってやるラジオはもうやらないと決めたので。だからすみませんが」

「藤尾さんに頼んでみてはと提案してきたひとがいるんです」

「だれですか」

「堂島です」

「悪い冗談にしか思えません」

「一分だけ時間をください」いまにも電話を切ろうとした藤尾を引き止めるように

植村が言った。そして自分が書いた数枚の紙を並べ、そのうちの一枚を手に取る。

「私、あれから、ラジオのよさってなんなのか、いろいろ考えました。ラジオは声だけのぶん、そのひととなりがでるって言いますよね。そのとおりだと思います。なにをどんなふうに言葉にしてくれるのか。なにに声が弾んで、なにを言い淀むのか。近くに聴こえる声から、小さな機微が伝わってくるから、私達はラジオが好きなんだと思います」

そこでまたべつの紙を手に取り、植村は話をつづける。

「私、藤尾さんのラジオを聴きながら、すごく誠実な声だなって思っていました。だってそうですよね。前もって言葉を用意していたのも、自分を偽りたいからじゃなくて、正しく自分の気持ちをリスナーに届けようとしたからですよね。私思うのはそのひとがいちばん〈らしく〉しゃべれるやり方があって。だからその」

植村は慌てだした。べつの紙に取り替えたのだが、内容がちがっていたらしい。またべつの紙を手にするも、首を傾げている。

「ご、ごめんなさい。じつは私、この電話をする前、伝え方を間違えないように、言いたいことメモしてたんです。でもしゃべっていたら、話が繋がらなくなっちゃって。やっぱり難しいですよね。声だけで伝えるのって。私、ラジオを聴くのが好きなくせに、自分で思ってることを言葉にするのは苦手で。これまでひとになにか伝えることから逃げてきて。だから必死に言葉を届けようとしていた藤尾さんが自分の言葉を持ってないなんて、そんなはずないって思うんです。すみません、なにが言いたいのか、わからないですよね」

「いえ、よくわかります」藤尾が即答する。「ぼくも怖かったから。自分の言葉をそのまま伝えるの。だから植村さんの言おうとしていること、よくわかります」

相原はふたりのやりとりを聴きつつ、さきほど堂島が話していた中で、気にかかった台詞を思いだす。

藤尾さんももうちょっとで、自分の言葉を見つけられる気がしたんだよ。

どういうことだろう。

藤尾はオールナイトニッポンで、あれほど快活に話して、リスナーを楽しませていたではないか。あれがぜんぶ自分の言葉ではなかっただなんて。

待てよ。それってもしかして。

「あの、植村さん」

「はい」

「どうしてぼくなんですか。他にももっと上手なパーソナリティはいっぱいいるのに」

「私、どうやってつくられていたかを知ったあとも、藤尾さんの番組が好きな気持ちは変わりませんでした。リスナーとして笑わせられたり助けられたりしたことが、なかったことにはなりません。だからもう一回、たしかめたいんです。藤尾さんの言葉がどうリスナーに届くのか」

「いいんですかね、ぼくなんかがしゃべっても」

「ラジオに正しいやり方なんて、ないと思います。迷っているなら、迷ったままでもいい。私はラジオのそういうところが好きなんです」

植村は窓の外を見つめている。その視線のずっと先に藤尾がいて、ふたりの目が合っているように思えた。そんなはずがないとわかっていてもだ。

「わかりました。お引き受けします」

やったっ、と声がでそうなところを耐え、相原はガッツポーズを取る。

「ありがとうございます」

「でもひとつ条件が」

「なんでしょう？」

「以前とおなじやり方でお願いできませんか。小園さんに話して、メールでそちらに送ってもらいます。それと加野さんに台本を書いてほしいのですが可能でしょうか」

「至急、連絡を取ってみます。一時間ほど前に廊下で会ったので、すぐ捕まえられると思うので」

「ぶっつけ本番で、台本を見ながらのしゃべりになりますが」

「時間がないので仕方ありません。よろしくお願いします」

そこで植村は電話を切った。代役が見つかった。でもよろこんでいる余裕はない。「加野さん、加野さん」と呟きながら、スマホを手にする。

「加野さん、います」相原はすかさず言った。

「え？　どこに？」と植村が訊ねてくる。

「神田くんのところに突然あらわれたんです」

「どうして？」

「それが変なんですよ。しばらく神田くんと話をしていたんですが」神田から今日の台本を奪い取り、加野が読みだした話をしたところ、植村も訝しく思ったらしい。「偶然とは言い難いな」と独り言のように呟いている。「マイカさんが欠席することを知って、神田くんの手助けにきたとしか思えない」

「ですよね」

「なんであれ、加野さんのところにいこう」

植村は勢いよく立ち上がり、ブースをでていこうとする。そんな彼女を引き止めるように、相原は言った。

「ひとつ、お訊ねしたいことがあるのですが」

「なに？」

「加野さんにどこまで台本を書いてもらうんです？」

「どこまでって」

「藤尾さん、台本を見ながらのしゃべりとおっしゃっていましたよね」相原は重ねて訊ねる。「生放送で完全台本を使う、いわゆる堂島式って、藤尾さんが最初だったんですか」

植村は頬を引きつらせ、困った表情にもなった。そして「そっか、そうだよね」と自分を納得させるように言った。「その話、きちんとしとかなくちゃ」

やはりそうだったのか。

「私、『藤尾涼太のオールナイトニッポン』に毎回、リアクションメールを送っていたんです」

「〈モナカを食べてる最中〉さんでしょ」

うっ。相原は言葉を詰まらせる。他人にラジオネームを言われるのが、こんなに恥ずかしいとは。イエスマン龍も、じつはそうなのかもしれない。

「毎回、異様な量と熱量だったから覚えてる」

「でも一通も読まれることはありませんでした。私のどころか、他のひとのリアクションメールも全然。それって要するに完全台本だったからですね」

「そうよ。ただ藤尾さんの場合、マイカさんとちがって、堂島さんと加野さんの三人で打ち合わせをして、台本をまるまる覚えて放送に臨んでいたの。だからADで入ってしばらくは全然気づかなかった」

「言われてみれば、ちょっと出来過ぎな感じもしましたよ」

「相原さんはそういう番組、好きじゃない？」

「そうは言ってないですけど」

「いいよ。私も最初はショックだった。もともとは生感《なま》のあるさらけだすラジオが好きだったから」

「え、そうなんですか」

「うん。でもそんなに突き詰めて考えることもないと思えてきて。つくりこむラジオ、さらけだすラジオとか言っても、それだけでできてるラジオなんてない。とくに生放送はいろんな要素が混ざり合いながらつくられていくものだから。今夜の生放送こそまだまだいろいろあるはずよ。よろしくね」


相原が編集室からでてくると、オールナイトニッポン一部のパーソナリティの声があたりに響き渡っていた。つまり二部である0がはじまるまで二時間を切っているのだ。

結局、私も植村さんにウマく丸めこまれちゃったな。イエスマン龍のこと、言えないよ、まったく。

マイカの代打が藤尾涼太だと伝えると、一ノ瀬はすんなり受け入れたが、神田は例の奇声をあげた。ただしいつものとちがい、ややキーが高いのはよろこびからかもしれない。なにせ彼は『藤尾涼太のオールナイトニッポン』のヘビーリスナーで、いちばんのハガキ職人だったのだ。

　さらに植村が加野に台本の依頼をすると、待ってましたとばかりに彼は神田と共に第二スタジオに移動し、サブルームのテーブルを陣取り、すぐさま作業に取りかかった。神田は神田で、藤尾涼太も完全台本であることに、少しも疑問を持っていないかのように見えた。それよりも憧れの加野といっしょに仕事ができるよろこびのほうが、勝っているのかもしれない。

　今回は時間がないので、『千夜一夜物語』のような大掛かりなラジオドラマはなかった。それでも各コーナーに必要なＢＧＭとＳＥ、さらにはジングルまでつくらねばならず、植村に命じられ、相原は一時間弱、編集室にこもっていた。

　ひとりきりになっても、さすがに『閃光戦隊シャイニンジャー』の動画を見る余裕はなかった。いや、堪え切れずに五分だけ見てしまった。二時間も経たないうちに、実物に会えるのにもかかわらずだ。

　編集室のある六階から四階へ階段でおりていき、第二スタジオへむかう。

「これの撮影現場でのエピソードってありましたよね」

「あぁ、うん。書いた書いた。覚えてる。差し入れの話ね」

「そうです。それ、じつはマイカさんからだったらしいってエピソードを書いたんですけど、使えなくなっちゃったので。真相編みたいな感じで、一本つくってみたんです」

「いいね。そのトーク、ここに持ってこようか」

加野と神田がスタバにいる女子高生かというくらい、キャッキャキャッキャと言いながら、台本をつくっている。そんなふたりを見て、相原は面白くなかった。

「BGMとSE、もうできたの？」

相原がAD席に座るなり、ミキサー卓で調整作業中の一ノ瀬が話しかけてきた。

「できました」

「ジングルも？」

「はい」

「優秀だなぁ。マジ助かるよ」

「機材いじるの、嫌いじゃないんで」

「ちょっと確認だけしとこっか。あ、でも植村さんがいたほうがいいか」

「どこいっちゃったんです、植村さん？」

「野々宮さんに呼びだされて、でていったっきり。そのへんいなかった？」

一ノ瀬は開けっ放しにしてあるドアの外を窺う。

「いませんでしたよ。いたらここにくるまでに気づくはずなんで」

「相原さん、これ」神田がクリップで留めた紙の束を差しだしてくる。「できたとこまでのトーク台本、お渡ししますので、これで準備お願いします」

「まだこれだけ？」ぜんたいの三分の一にも達していない。「残りの部分は？」

「なるべく急ぎますんで」それを態度で示すかのように、神田はパソコンを打ちはじめた。

「放送開始までには三分の二はできると思う」そう言ったのは加野だ。彼もまたパソコンを打ちつづけている。

「残りの三分の一はどうするんです？」

マジですか。

「放送中にぼくが書きあげる」こともなげに加野は言った。

「あと相原さん」加野が差しだす付箋を受け取る。「これ、かける曲のリスト」

「変更するんですか」

「うん。やっぱそのまんまだとマイカさんっぽいでしょ。だからいまの藤尾さんなら、こんなの選ぶんじゃないかなって」

相原は付箋に書かれた曲を見る。悪くない。しかしだ。

「藤尾さんって、曲も加野さんや堂島さんにお任せだったんですか」

「ん？　いや、藤尾さん自身が選んだのをADに渡していたはず。割とギリでさ。植村さんとかは番組がはじまってから取りにいってたくらい」

「一応、いまいただいたのはCD揃えておきます。ただし今回も藤尾さんが曲を選んできたら、差し替えてもかまいませんか」

「もちろんだよ。藤尾さんの番組だもの」

「植村さんにもそう伝えておきます」

「あ、そうだ。いま渡した台本、ちょっと貸してもらえます?」神田は相原から台本を受け取ると、数ページめくった。「CM明けのここのトーク、勢いがあって派手めな曲ではじまりたいんですよ。お願いできます?」

「もっと具体的に言ってくれなきゃわかんないって」

相原は語気を荒らげてしまう。

いけない、いけない。苛立ちを露《あらわ》にしたところで意味がない。時間がないのはみんなおなじではないかと自分に言い聴かせる。だが苛立ちの原因はそれだけではない。『藤尾涼太のオールナイトニッポン』が完全台本だった事実をどう受け止めていいのか、わからないことのほうが大きい。つまり自分の中で消化すべき問題である。他人に当たるのはまずい。

「ここのトーク、『コンダクター』の話?」

そう訊ねる相原の口調がまだ少し荒っぽい。それに気圧されてか、神田は口をぱくぱくさせるだけで声がでていない。

「そうだけど」代わりに加野が答えた。

「だったら、これなんかどうです?」

相原はスマホをだして、画面を何度かタップしてからテーブルに置く。と同時に曲が流れてきた。

「いいよ、いいい」しばらくして加野が言った。「これ、なんの曲？」

「『コンダクター』で、チェロ奏者の藤尾さんとピアニストのマイカさんが演奏した曲です」

藤尾涼太のファンである相原は公開初日に駆けつけ、劇場には計四回見にいき、特典付きのブルーレイを買って、十二回は見ている。サウンドトラックもスマホにダウンロードしてオフラインでも聴けるようにしてある。曲によって藤尾涼太の登場シーンを頭の中で再生できるほどだった。

中でも相原のお気に入りは、いがみあうふたりがクラシックの演奏会で、お互いの感情が抑え切れず、優雅なチェロソナタのはずが、弦が切れてもお構いなしの速弾きを藤尾がはじめてしまい、マイカも対抗するがごとくテンポを速めていき、指の動きが見えぬほどの超絶技巧の演奏を披露する場面だ。さらにヒートアップしていき、思わぬ相乗効果でロックコンサートさながらに会場は盛り上がりを見せ、スタンディングオベーションが止まらなくなる。加野と神田に聴かせたのはその場面の曲だ。映画とおなじく歓声や拍手も入っていた。

「ちょうどここ、『コンダクター』でチェロを弾くのがいかに大変だったかって話なんだ。ピッタリだよ。きみ、相原さんって言ったっけ」加野がニコニコしながら言う。「デキるねぇ。たいしたもんだ」

「ありがとうございます」

褒められて悪い気はしなかった。だがやはり釈然としないものはある。こうして完全台本に加担することで、自分もまたリスナーに嘘をついているような後ろめたさを感じてしまうからだ。

「CDルームいってきます」

「できたら植村さん見つけて、その台本を確認してもらって」

「はいっ」

加野に答えながら、相原は第二スタジオをでていく。

六階にあがっていくと、カフェスペースに野々宮がいるのを見つけた。ガラス張りで廊下から中は丸見えなのだ。飲み干したコーヒーをストローで啜りながら、スマホをいじっている。

一ノ瀬が言うには、植村は野々宮に呼びだされたはずだった。しかしふたりの話はすでにおわったのかもしれない。だとしたら植村とは行き違いになった可能性が高い。四階に戻って、とりあえずCDルームへいくとするかと踵を返そうとしたときだ。目の端に堂島が見えた。カフェスペースへ入っていったのだ。

「おう、なんで呼んだかわかる？」

野々宮がぞんざいに言うのが聴こえてくる。代打の件かもしれない。

「なんとなくは」

「おまえだろ、植村を焚き付けたの？」

「はい」

やはりそうだ。相原は好奇心が抑えられなかった。カフェスペースの前を足早に通り過ぎたところで立ち止まると、壁に背中を貼りつけ、野々宮と堂島の会話に聴き耳を立てた。

「彼女を呼びだすのに二スタいったらさ、加野くんがいたよ。若手の放送作家といっしょに嬉々として台本つくっていてな。アイツもおまえがさしむけたんだろ」

「マイカさんが急遽休むって話を、加野さんに報せたんですよ。そしたらひとまず様子を見てくるとおっしゃって、そのまま流れで手伝うことになったようです」

やっぱり。加野が神田の元にあらわれたのは偶然ではなかったんだ。

「マイカさんの話はだれに？」

「音楽業界その他にいるディレクター時代の知りあいの何人かから、ＬＩＮＥが送られてきたんです。堂島さんのＡＤだった子の番組じゃないのって心配してくれまして。持つべき者は友です」

「悪かったな、友達がいなくって」

「そんなこと、一言も言っていないでしょう」

「でも七時過ぎに会社をでていくおまえを見たぞ。あのとき帰ったんじゃないのか」

「自宅からタクシー飛ばして戻ってきたんです」

元部下のピンチのために駆けつけたのか。もしかしたら堂島は、藤尾涼太ならば引き受けるはずだという勝算があったのかもしれない。

「俺が焚き付けたって、植村が言ったんですか」

「言わねぇよ。彼女はおまえの名前をださずに、自分ひとりの判断でやりましたの一点張りだった。仕事のやり方だけじゃなくて、頑固なキャラまでおまえから引き継いじゃったみたいだな。やんなっちゃうよ、まったく。でもよぉ。それで俺を飛び越してオッケー取っちゃうのはないだろうよ」

「すみません。ぜったい反対すると思ったんで」

堂島の読みは正しかった。代打の駄目な条件として、自分から番組を降りた経歴があることを挙げ、野々宮は暗に藤尾涼太の起用に反対していた。

「会社や俺のメンツはどうなっちゃうのよ」

「メンツじゃ面白い番組はつくれませんから」

堂島にきっぱりと言われると、野々宮は膨れっ面で言い返した。

「おまえらは悪者みたく言うけどさ。やっぱり大切なんだぜ？　スポンサーとか、業界のしきたりとかさ。現場とリスナーだけで回ってるわけじゃないんだから」

「わかってます。でもそこは野々宮さんが守ってくれてるじゃないですか」

「なんだよ。だから俺は攻めるって？」

「制作部でいっしょだった頃から、好きな番組とかことごとくちがうし、つくり方のアプローチもちがう。だから逆いこうって決めてたんです。野々宮さんの音楽センスとか、ここいちばん決め切る交渉術とか、あと会社での出世の仕方とか、俺には真似できないんで」

「おまえさ、俺がえらくなったら覚えとけよ」

「覚悟しときます」

野々宮はスマホをだすと、画面をせわしくタップした。「はい、ツイート完了。『オールナイトニッポン』公式アカウントから、藤尾涼太が代打パーソナリティを務めることを告知したからな」

「ありがとうございます。あの」

「なんだよ。まだ俺に秘密なこと、やってんのか」

「いえ。この件で明日、社内外に詫びを入れることがあると思うので、俺もいっしょに」

「いいよ、こなくたって。っつうか制作でもなんでもないおまえが詫びにきたら、相手が混乱するだけだろが。俺がぜんぶやる。俺はなぁ、子どもの頃から、自分より強い立場の人間にへいこらするのは、だれよりも得意なんだ」

自慢することか。

そう思っていると、野々宮が立ち上がり、こちらにむかってきた。相原は慌てて駆けだし、CDルームへむかった。

「ふざけたことを言うな、シャドーブラック。貴様とぼくが双子の兄弟だなんて嘘を言えっ」

「ならば証拠を見せよう」

シャドーブラックが自分のうなじにあるボタンを押した。するとシステムが解除され、仮面が外れていく。その下からあらわれたのは、ヒカルそっくりの顔だった。

「どうだい、ヒカル兄さん」

今年で十九歳になる松坂政司がタブレットで見ているのは『閃光戦隊シャイニンジャー』の映画版だ。かれこれ十年以上昔に劇場で見ている。敵味方のふたりが双子だとわかったとき、ほぼ満席だった場内がどよめいたのを政司は鮮明に覚えていた。

政司は東京の農業大学に現役で合格し、この春から一人暮らしをはじめている。住まいは大学まで自転車で十分とかからない距離で、二階建ての木造アパートのワンルーム、家賃六万円台だ。母とふたり、一泊二日で二十軒ほど巡り、ここに決めた。もっと安いところとなると、築年数が五十年以上で外壁がヒビだらけだったり、窓が北向きで一日陽が当たらなかったりと安いなりの理由はあった。政司はそれでもかまわなかったが、こんなところに息子を住まわせるわけにはいかないと母が却下したのだ。

「俺の名前はカゲロー」

「嘘だ。双子の弟がいるなんて、父さんや母さんは話していなかった」

「あのふたりは、ヒカル兄さんのほんとうの親でもなければ、人間でさえない。アンドロイドなのだ」

太々《ふてぶて》しい笑みを浮かべながらカゲローが言う。さらなる衝撃の事実に、ヒカルは驚きを隠し切れずにいた。当然ながらどちらも藤尾涼太だ。

子どもの頃の政司にとって、シャイニンレッドとシャドーブラックが双子の兄弟だったことより、親がアンドロイドだったことのほうがショックだった。トラウマにさえなったくらいだ。その後しばらく自分の両親も、じつはそうではないかとあらぬ妄想に怯え、夜、眠れなくなったほどである。

それにしても懐かしいな。

政司が懐かしさを感じているのは、一人二役を演じる藤尾涼太のあいだにある滝だった。祖父が住んでいた村の名所で、子どもの頃に何度か足を運んだことがあった。『閃光戦隊シャイニンジャー』では、その滝の裏側にシャドーブラックが構える秘密基地があるという設定だった。小学一年生の夏休み、偶然出会った藤尾涼太は、ここで撮影していたにちがいない。そう気づいたのはおなじ年の冬休みに劇場へ映画を見にいったときだった。

『閃光戦隊シャイニンジャー』全四十八話の無料配信がはじまっているのに気づいたのは先週末だった。なんの気なしに第一話を見たところ止まらなくなり。今日までの五日間でぜんぶ見おえてしまった。正確を期すれば、最終話を見おえたのは二時間前の午後十一時過ぎなので、昨日である。それからシャワーを浴びたあと、オールナイトニッポンがはじまる午前一時まで、『閃光戦隊シャイニンジャー』の映画版を見ることにした。こちらは無料ではなく、レンタル料が発生したが我慢できなかったのだ。しかし気づいたら、午前一時を回っていた。明日は一限目から授業だ。いくら近いとは言え、八時には起きねばならない。それに今日は三限までで、午後はアルバイトだったせいでクタクタだ。

今日のオールナイトニッポンは明日の昼、ラジコで聴くとして、『閃光戦隊シャイニンジャー』を見おえたら眠るとしよう。

大学とアパートのほぼ中間点にあるコンビニで、先週から働きだした。これ以上、両親には負担をかけられない、せめて家賃分だけでも自分で稼がねばと思ったのだ。できればスタバでバイトをしたかった。政司の実家の町にはなく、ちょっと憧れていたのだ。受験にきたとき、大学の目の前にあるのを見つけ、ぜったい合格して、ここでアルバイトをしようと心に誓ったくらいだ。

しかし合格したものの、そのスタバではアルバイトを募集していなかった。調べてみたところ、大学を中心に半径二キロ以内にスタバはなんと九店舗もあった。さすがは東京と驚いたものだ。そして自分のアパートから近い順にいったものの、どこのスタバも働いているひと達がキラキラ輝いて見え眩しくてたまらず、別世界に思え、アルバイトを募集していても自分には無理だと諦めてしまったのである。

コンビニでは大歓迎だった。父親と変わらぬ歳のオーナー兼店長の話だと慢性的なアルバイト不足らしい。大学の近くで客も学生が多いのにもかかわらず、最近はもっと割がよくて楽に稼げるアルバイトがいくらでもあるので、ウチみたいなコンビニは敬遠されるのだと、初日から愚痴られてしまった。

たしかに学生は政司だけでいちばん若く、他は四十代から六十代のオジサンオバサンばかりだった。その中には外国人も何人か交じっていた。仕事は山のようにあり、その手順を覚えるだけでも一苦労だった。それでもこの一週間で四日働き、店長からは若きホープだと褒めてもらい、今夜など店屋物のカツ丼をご馳走になり、私生活で困ったことがあれば、いくらでも相談に乗ってあげよう、私のことを東京のお父さんと思ってくれていいとまで言われた。

ほんとの父親は、こんなに優しくなかった。いまもそうだ。

県内一の進学校に入りながらも、成績がほとんどドベの息子に、父は苛立ちを露にした。二言目には勉強をしろと言い、土日の夕食時は延々と説教を聴かされ、おかげで料理の味がまったくしなかった。それでも政司の成績はあがらないままだった。

そんな地獄のような日々を多少なりとも潤してくれたのが深夜のラジオだ。『藤尾涼太のオールナイトニッポン』がおわってしまったのは痛手だったものの、他のオールナイトニッポンもほぼぜんぶ聴いていた。できるだけオンタイムで聴く。パーソナリティとおなじ時間を共有したいからだ。そのため学校から帰ると夕飯まで寝て、風呂に入ったあと午前一時まで寝て、『0』を聴きおえてから午前七時まで寝るというのが主な生活パターンだった。

祖父の七回忌があったのは、そんな地獄の日々の最中、高校二年の夏休みだった。家族三人でひさしぶりに父の実家にいった。屋敷のように広いその家に祖母は、ひとりきりで暮らしており、近所に暮らす祖父の弟、大叔父夫婦とその家族とともに、みかんをつくりつづけていた。

政司は七回忌がおわったあともしばらく父の実家にいることにした。もちろん父から逃れるためだ。祖母が大よろこびする手前、父が強く反対できないのは計算済みだった。後日、着替えの服などとともに教科書や参考書などが一式送られてきたが、政司は触りもせず、祖母の手伝いに明け暮れた。みかん畑にいき、畑仕事に精をだした。作業中は祖父の遺品であるトランジスタラジオを腰にぶらさげ、つけっ放しにしていた。

祖母を手伝い、大叔父夫婦の家族との交流も深めていくうちに、みかん畑を継ぐことができればと考えるようになった。なんならこのまま祖母と暮らしてもいいのだが、父が許すはずがない。高校をでてすぐも厳しいだろう。

するとおなじみかん農家の息子が、東京の農大に通っていることを耳にした。家業を継ぐためだという。夏休みで地元に戻ってきていた本人とも会い、話をしているうちに、政司は自分もおなじ農大へいこうと決意した。

進むべき道が決まったからか、二学期に入ると授業に集中できるようになり、勉強が捗っていき、成績も少しずつ上向きになった。

東京の農大を目指していることを両親に告げたのは、高校三年生にあがる前だった。将来、みかん畑を継ぎたいことも話した。父には反対されるかと思ったが、それはなかった。とは言え賛成したわけでもない。愕然として、正気を疑う目で息子の顔を見つめつつ、「浪人したら許さんぞ」と吐き捨てるように言うだけだった。

その後、父は勉強しろとは言わなくなり、土日の夕食時の説教もなくなった。そればかりか息子とは口をきこうとせず、顔を見ようともしなくなった。東京の農大に現役合格しても、おめでとうの一言もなかった。

「ヒカル兄さんとは、これ以上争いたくない。どうだろう、俺達の仲間にならないか」

「莫迦を言え。おまえこそ人類殲滅計画などやめるんだ」

「まだわからないのかい、兄さん。人類こそが地球の敵であることを」

いよいよクライマックスというところで、ピコンと音が鳴った。ネットニュースの通知が届いたのだ。どこかで地震でもあったのかと思いきや、そうではなかった。藤尾涼太の名前が目に入る。映画を一時停止して、ネットニュースに画面を切り替えた。

マジか。

今夜三時からの『マイカのオールナイトニッポン0』はマイカが体調不良のため欠席、代役として藤尾涼太が出演することがオールナイトニッポンの公式アカウントにて発表されたとあった。

藤尾涼太が、オールナイトニッポンに帰ってくる？

ＣＤルームをでて、第二スタジオへ戻ろうとしたところ、エレベーターの前に、植村が立っていた。なにをしているんだろと思いつつ、近寄っていくと気配を感じたらしい。

「どうしたの？」振りむきざま植村が言った。

「これ」とできあがったところまでの台本を差しだしたが、おなじものを植村が小脇に抱えているのに気づく。

「相原さんがＣＤルームにいっているあいだ、スタジオにいって、加野さんから受け取ってきたからだいじょうぶ。なかなかイイ感じで仕上がってたよ」

「そっから先は放送がはじまってから書くって、加野さん、言うんですよ。できるんですか、そんなこと？」

「加野さんなら平気」

「もしかして以前にも似たようなことがあったとか？」

「ときどきね。たとえば藤尾さんが試写で見たハリウッド大作について、主演の俳優さんと対談もしていたから、番組後半で十五分たっぷり話すはずだったのがさ、放送直前、その映画の情報解禁が放送日の翌日だって判明して、まるまるボツになっちゃったんだ。加野さん、番組の最中、藤尾さんのトークに相槌を打ちながら、その場でトークを一本書いて差し替えたの。遅筆のくせして一旦エンジンかかると速いんだ、あのひと。それに藤尾さんのマネージャーからけっこうな数のネタが届いていていたし」

「じゃあ私、先、スタジオ戻ってます」

「待って。もうじきくるから」

だれがですかと訊ねるまでもなかった。エレベーターが到着し、ドアが開くとその中に相原の推しが立っていたのだ。

「おひさしぶりです」

藤尾涼太は降りてくるなり頭を下げた。植村もだ。相原も慌ててそれに倣う。くるのはわかっていた。でもいきなり過ぎるって。心の準備全然できていなかったし、ちょっとは化粧、直しておきたかったのに。

「でもなんか変な感じですね。さっき、あんなに電話で話してたからかな」

「ありがとうございます、藤尾さん」植村が改めて頭を下げる。「小園さんも」

藤尾のうしろにスーツ姿の女性が控えている。そうか、このひとがマネージャーの小園さんか。電話の声から、切れ長の目をした表情が硬い女性を思い描いていたが、実物は小動物を思わせる愛嬌のある顔をしており、にこやかに微笑んでいる。

「いえ、こちらこそ先程はありがとうございました。今日もうまくできるかはわかりません。でも、またよろしくお願いします」藤尾は視線を植村から相原へと移す。

「こちらの方は？」

「今年入社したばかりの新人ＡＤです」植村が言い、自己紹介をするよう相原に促した。

「相原です。今日はよろしくお願いします」

「ぼくのほうこそ」

藤尾涼太が私のことを正面から見据えている。これは夢か。夢なのか。まずい。テンション爆あがりで、悲鳴をあげちゃいそうだよ。

相原は下唇を噛んで、その欲求を必死に抑えこむ。

「本当はもっとちゃんとお礼を言いたいのですが、時間がありません。早速、スタジオにいきましょう」

「そうですね」

「それと」藤尾と並んで歩きながら、植村は話をつづける。「今回、急を要したこともありまして、相原とこれから会っていただく放送作家の神田にも、藤尾さんの番組が完全台本だったことは告げてあります」

「かまいません」

オフィススペースを通り抜け、第二スタジオへ植村が先頭で入っていく。

「藤尾さん、入られまぁす」

加野に神田、一ノ瀬も作業の手を休め、立ち上がって藤尾を迎え入れる。

「おひさしぶりですっ」声を張り上げて加野が言う。

「おひさしぶりです」応じる藤尾の顔が強張っているのに相原は気づく。「藤尾涼太です。二年振りにラジオをやらせてもらうことになりました。パーソナリティとして全然器用なほうではありませんので、いろいろご迷惑をおかけすると思いますが」

「そんなことないですよ」

加野が言った。声量がさらにアップしている。藤尾は微かに笑い、「よろしくお願いします」と頭を下げた。

「よろしくお願いします」スタッフ一同の声が揃う。

「では簡単ではありますが、打ち合わせを。神田くん」

植村が神田の肩を叩く。

「は、はい。あ、あの、放送作家の神田です。マイカさんの番組を担当していまして、今回、加野さんといっしょに台本、つくらせていただきました」

「ありがとうございます」

「とんでもありません。こちらこそ光栄です。それでですね、これが大まかな構成でして」神田が藤尾に一枚の紙を渡しつつ、サブルームからブースへと移っていく。植村もいっしょだ。「詳しいトーク内容はぼくが一ページずつ渡すカタチでやらせていただきます。今回は初見読みになりますので、藤尾さんの負担にならないよう、ひとつのトークは三分前後にまとめておきました」

「助かります」

「それじゃ植村さん、ぼく、表で後半書いてるから」

テーブルの上にあるパソコンと色とりどりの付箋が付いた紙の束を抱え持つと、加野はブースのほうへ声をかける。あいだのドアは開けっ放しの状態だったのだ。

「あ、お願いします」

「藤尾さん、またあとで」

「よろしく頼みます」

手を振る藤尾に、加野は手を振り返してスタジオをでていこうとしたところ、スタジオに入ってきた小園と鉢合わせとなった。彼女はいつの間にかスタジオをでて、自販機スペースで水を買ってきていたのだ。たぶん藤尾のだろう。

「ご無沙汰してます、小園さん」

「こちらこそ」加野の挨拶に、小園はにこやかに答える。

「藤尾さん、かっこいいですよねぇ。ここんとこ一段と男っぷりをあげて。あ、そうそう、送ってもらったエピソードのメモ、ありがとうございました。あんなにたくさんあるとは思ってもいませんでした。番組がおわってからもつづけていたんですね」

「なんだか習慣になっちゃって。日記代わりといったところでしょうか」

「おかげでトークがいくらでもつくれそうですよ。それにしても、よくオッケーでましたね。事務所的に急だったのに」

「オッケーは明日取ります」小園がこともなげに言う。

「え？」

「正しくは今日か。なんにせよ許可はこれからです」

「だ、だいじょうぶなんですか」と加野は目を瞬《またた》かせている。

「どうですかねぇ」小園は不敵な笑みを浮かべた。童顔で穏和そうだが、やり手なのかもしれない。「なんだか、この仕事はお受けしたほうがいい気がして。藤尾のよさがでる台本、よろしくお願いいたします」

「も、もちろん。腕に縒りをかけて頑張ります」

加野は小園に気圧されたらしい。そのままそそくさとスタジオをでていった。つづけて小園はAD席でキューシートをチェックしている相原に近寄ってくる。

「すみませんが」

「え？　なんでしょう」

「これ」ふたつに折り畳んだ小さなメモ用紙を差しだしてきた。「藤尾がセレクトした今日、かける曲です。お願いできますか」

「わかりました」

小園から受け取ったメモ用紙を広げる。並んだ曲名とアーティスト名を見て、相原はギョッとした。加野が選んだ曲とほぼおなじだった。それだけ加野は藤尾のことを知り尽くしていたのだ。

ただし一曲だけちがった。Creepy Nuts × Ayase ×幾田りらの『ばかまじめ』だ。

第二スタジオをでて、おなじ四階のCDルームへダッシュでむかう。『ばかまじめ』が収録されたCDはすぐ見つけることができた。ふたたび第二スタジオへ戻ろうとしたときだ。

「どうするつもりだ、そのラジカセで」

野々宮の声がする。CDルームをでずに廊下を覗くと、堂島と並んで歩いていた。

「藤尾さんの番組、聴こうと思って」

「そんなことしなくても四六時中、番組が流れているんだから社内ならどこでも聴けるだろ」

「こっちのほうがよく聴こえるじゃないですか」

「そんなに気になるなら二スタにいってれば？」

「いや、今日はリスナーなんで」

ふたりはＣＤルームの前を通り過ぎていく。

「うわっ」野々宮がスマホの画面を見て立ち止まった。

「だれからの電話ですか」と堂島。

「ブライトプロの、ちょっとエラめなひと」

「藤尾さん？　それともマイカさんのことですかね」

「両方だろ。こういうときどうするかと言うと」

「どうするんです？」

「でない」野々宮はスマホを上着のポケットにしまう。「寝てることにする」

「なんの解決にもならんでしょう」

「わかってないなぁ、おまえは。いいか。問題というのは解決せず、回避するものなのだ」

「なにえらそうに、情けないこと言っているんですか。よくそれで出世できましたね」

ふたりはふたたび肩を並べて歩きだす。

なんだかんだ言ってなかよしなのか、あのふたり？

ＣＭが流れる中、植村がディレクター席のマイクを使い、ブースの中の藤尾に話しかける。番組開始まで一分を切っていた。

「それでは間もなくです。改めて今日はありがとうございます。台本、まだ完成はしていなくて、正直どんな放送になるかはわかりません。でもきっとこの夜にしかできない放送になると思います。一夜限りではありますが、どうか、よろしくお願いします」

「よろしくお願いします」

藤尾の返事がサブルームのスピーカーからする。

「相原さん、だいじょうぶ？」

「はい、だいじょうぶです」植村の問いに、相原は頷く。

「一ノ瀬さん、お願いします」

「よろしく。特別な夜だからこそ、いつもどおりやらせてもらうよ」

植村はブースにむかって手の平を広げた右腕を伸ばす。五秒前のカウントだ。

ピッポ、ピッポ、ピッポ、ポォォォン。

午前三時の時報が鳴る。

植村はキューを振った。ブースの中で、藤尾が徐《おもむろ》にカフをあげる。遂に一夜限りの『藤尾涼太のオールナイトニッポン0』のはじまりだ。台本に目を落としながら、藤尾はしゃべりだす。

「こんばんは、俳優の藤尾涼太です。本来であれば『マイカのオールナイトニッポン0』をお送りしている時間ですが、マイカさんが昨夜、音楽番組生出演後、体調を崩されたということで、本日の放送を欠席することとなりました。今週末からツアーコンサートがはじまることを鑑みての大事をとっての判断とのことです。来週からは復帰される予定でございます」

この声、この声。

相原は興奮に身を震わせる。この声にどれだけ癒やされ、励まされ、楽しませてもらっただろう。当時の記憶が鮮やかに甦ってもきた。

『藤尾涼太のオールナイトニッポン』がはじまったのは四年前の四月、ちょうど相原が大学に入ったばかりの頃だった。私の入学祝いに、藤尾涼太がラジオをはじめてくれたのだと思ったものである。東京の一人暮らしは心細く、ラジオだけが友達だった。中でも『藤尾涼太のオールナイトニッポン』はオンタイムで聴いたあと、スマホとタブレットどちらにもラジコのアプリをインストールしていたので、計四回聴いていた。元々、藤尾涼太のファンだったが、よりいっそう好きになった。返す返す残念でならないのが、公開イベントがなかったことである。番組内でもときどきその話がでていたのにもかかわらずだ。

ブースの中の藤尾が少し緊張気味なのは、横顔でもわかった。しかし彼よりもずっとガチガチなのは、テーブルを挟んでむかいに座る神田だった。藤尾に渡す台本の手が震えてさえいた。

しっかりするんだ、イエスマン龍っ。

「いや、忙しいですもんね、マイカさん。テレビやメディアで見ない日ないですからね。今日はゆっくり休んでください。ということで、本日この時間は、一応おなじ事務所の先輩で、映画でも一度共演させていただいたことのある、私、藤尾涼太が急遽代打を務めさせていただくことになりました」

神田が手を叩く。演出っぽいが、はしゃいでいるように見える。彼もまた、藤尾涼太がこの場に帰ってきたことがうれしいのだろう。

「本日はどうぞよろしくお願いします。そうですね、今日はマイカさんの放送、楽しみにしていたひとが多いと思います。なのでマイカさんとの思い出話なんかを中心に話していこうかと」

「嘘だろ、おい」突然、一ノ瀬が呻《うめ》くように言った。

「どうしました？」ブースの藤尾を見つめたまま、植村が訊ねる。

「ミキサー卓がおかしくなってる」

「え？」

「それってさっき言ってたのですか」相原はAD席からミキサー卓に近づく。

「そうだ」一ノ瀬が渋い顔で頷いた。

「なに？」植村が動揺を隠し切れずにいる。そんな彼女に藤尾は気づかぬまま、トークをつづけていた。「どういうこと？」

「三日前にもあったんだ。見て、ここのボタン。使っていないのに光っているでしょ。これとこれとこれも」

「本当だ。え、どうなるんですか」植村がオドオドしだす。

「この状態だと、どのボタンでどの音がでるのか、さっぱりわからない。相原さん」

「はい」

「CD、セットしてるよね」

「はい、ついさっき入れました」

「なのにここのボタンが点いていない。認識してないってことか」

「だいじょうぶですか」植村がすがるような目で一ノ瀬を見る。「とりあえずもうタイトルコールいかないと」

「一か八か、やってみようか」

「ぼくも二年振りなんですよね。このブースの緊張感、独特ですね。撮影現場や舞台とはちがったものがあります。それではひさびさですが、そしてこの時間ははじめてですが、はじめていきたいと思います。『藤尾涼太のオールナイトニッポン』」

エコーはかかった。しかし『ビタースウィートサンバ』は流れない。

「ちがったか」一ノ瀬は舌打ちをして、ミキサー卓をチェックしはじめる。「すぐ見つける。三十秒、いや、一分待ってくれ」

「0っ」サブルームの出入口近くに立っていた小園が叫ぶ。「藤尾はタイトルの最後に0を付けていません」

「神田くんっ。タイトルに0が抜けていたから、やり直しさせて。あとごめん、こっちがオッケーだすまで、タイトルコールを言わせないで」

ディレクター席のマイクから、植村に意味不明の指示をだされ、神田は困惑しながらも、すばやくペンを走らせ、その紙をバインダーに挟んで藤尾にむける。

「いま、作家から指摘がありました。マジですか。タイトルに0が抜けていたと？」

藤尾が苦笑する。まだサブルームの異変に気づいていないらしい。「厳しいな。いや、当然ですよね。ちがいますよ、一部やってたアピールとかではなく、やっぱり口がね、言い慣れてるから。練習してください？　だいじょうぶです。今度こそ間違えませんって。え？　ディレクター命令？」

もちろんそんな命令を植村はだしていない。神田の思いつきだ。藤尾にむけた紙に神田はなおも書き足していく。

「じつは今日のディレクターは、ぼくがオールナイトニッポンをやっていたとき、ADだった植村さんなんですよねぇ。当時、ポンコツ扱いしていたのを、いまになって仕返ししているとしか思えません。いや、間違えたぼくがいけないんです。しますよ、練習。藤尾涼太のオールナイトニッポン0ッ。どうです、いまの？　いい感じでしょ。今度こそ『ビタースウィートサンバ』流してくださいね。え？　0を十回言え？　0000000000。車がエンスト起こしたときに呼ぶのはなに？　ジャロでしょ。あ、ジャフか。引っかかっちゃった。って、これなんの時間です？」

「あった。これだ」一ノ瀬が声を張り上げる。「植村さん、オッケー」

「神田くん、オッケー」

植村の声に神田がこちらにむけて、オッケーサインをだす。

「それでは気を取り直していきましょう。『藤尾涼太のオールナイトニッポン0』」

今度は無事、『ビタースウィートサンバ』が流れはじめる。

「CDからの曲とCMが、どのボタンでだせるか、さがさなければならない」一ノ瀬が険しい表情で言う。「ぜんぶ試せばわかるんだが十分はかかる」

「十分、トークで繋げと？」と植村。

「できるだけ早く見つける」と一ノ瀬はミキサー卓を操作しだす。

「すみません、藤尾さん」『ビタースウィートサンバ』の軽快なサウンドが流れる中、ディレクター席のマイクにむかって植村が言った。焦りと動揺を抑えているからだろう、微かに声が震えている。「機材の調子が悪くて、曲とCMがしばらく流せそうになくて、つぎのトーク、十分でお願いできますか」

神田は顔を引きつらせた。まずい。いつものように奇声をあげてしまうかもしれない。だが本人もそう思ったらしい。両手で口を塞いだ。神田がそうなるのもわかる。トークは一本が三分前後、十分ともなれば三本から四本使うことになる。つづけてとなると、神田が構成を組み立てつつ、手直しもしなければならない。それも藤尾が読んでいる端からだ。

「できるよね、神田くん」

神田は口を覆っていた手を離す。そして左手の親指を立てると、右手でペンを取った。どうやら腹を括ったようだ。そんな彼を藤尾は不安そうな目つきで見ている。

「藤尾さん、肝心なことを言い忘れていました。神田くんって、『藤尾涼太のオールナイトニッポン』のヘビーリスナーで、ハガキ職人だったイエスマン龍なんです」

「『千夜一夜物語』の脚本原案を通算十二回採用された？」

「はい。最終回の『千夜一夜物語』も彼だったじゃないですか。あのとき藤尾さん、イエスマン龍は放送作家になるべきだとおっしゃったでしょう？」

「言いました。台本にはなかった、素の言葉だったので、自分でもよく覚えていいます」

相原も鮮明に覚えている。憧れの藤尾涼太に絶賛されたイエスマン龍に激しく嫉妬した。それをいまでも引きずっていることは否めない。

「藤尾さんのその言葉を真に受けて、神田くんは放送作家になったんです」

「マジですか。だったらなにが起きても安心だ。大船に乗った気持ちでしゃべることができます」

「そ、そんなこと言われたら、却ってプレッシャーになります」

そう言いつつも、ペンを走らせる神田の口元が綻《ほころ》んでいるのがわかった。植村もすっかり落ち着きを取り戻している。もしかしたら自分が冷静になるため、わざわざいまの話をしたのかもしれない。

「神田くん、いくわよ。いい?」

「よろしくでぇす」

神田は赤字を入れた台本を一枚、藤尾に手渡す。植村がブースにむかってキューをだす。

「いやあ、ごめんなさい。ひさしぶりの『ビタースウィートサンバ』だったんで、ちょっと聴き入ってしまいました。カフをあげ忘れたわけではありません。改めましてこんばんは、藤尾涼太です」

いまのしゃべりは神田が書いたにちがいない。たいしたものだ、恐れ入る。

「この曲をこの場所で聴くと、いろいろ思いだしますね。あれから二年かぁ。さてマイカさんとぼくがはじめて会ったのは、ぼくがオールナイトやってるときだったかな。事務所で、ほんとに所属したばっかのマイカさんと会って、ちょうどぼくもマネージャーさんを待ってて、割と話しこんだんですよね。この事務所、こんなんだよみたいな、一応先輩なのでね。そしたらマイカさん、別れ際に、ぼくのほうに近づいてきて、ボソッとラジオ聴いてますって言ってくれて。いやあ、ビビりましたよ。マイカさんみたいなひとが聴いてくれてるとは思わなくて。それまで先輩然として話していたのが、急に恥ずかしくなって、あざっすっみたいな感じになっちゃいました」

そうなのだ。マイカもまた『藤尾涼太のオールナイトニッポン』のリスナーだった。今日の放送でマイカの番組のグッズを発表する際、藤尾涼太の番組のグッズを買っていた話をする予定だった。彼女は番組本のみならず、番組の焼き印が入ったせんべいと、切っても切っても藤尾涼太の顔がでてくる千歳飴を通販で買っていたのだ。

「それがいまやマイカさんがパーソナリティをするようになったわけです。毎回じゃないですけど、ちょくちょく聴かせてもらっていて、一言で言うと〈若い〉ですね。いまその番組チームと放送をしているんですが、ディレクターはさきほども言ったようにポンコツADだった植村さん、いまのADさんは一年目の新人さん、そして放送作家はぼくの番組の常連だったハガキ職人と、若さ溢れるメンバーで、たった二年なのに浦島太郎になった気分です。あ、いや、ただひとりミキサーの一ノ瀬さんは昔のまんまでホッとしましたよ。全然変わんないんだもん」

その一ノ瀬はまだ、不具合が生じたミキサーと格闘中だった。どの音がでて、どの音がでないのか確認をつづけている。相原はその横で、なにをするでもなく、息を飲んで見守るだけだった。

「そうそう、でね。やっぱりいちばん覚えてることと言えば、映画の現場でいっしょになったときなんだけど、マイカさんは映画初出演、演技自体もほぼはじめてで、いろいろ大変だったみたいで。このラジオを聴いている方であれば、みなさんご覧になっているにちがいない、『コンダクター』っていう作品だったんですけどね。マイカさんはピアニスト役で、彼女、ピアノも弾けるから、あの映画でピアノを弾いているシーンは本当に弾いているんですよ。かっこいいですよねぇ。ピアノ弾けるひとって。ぼくはチェロ奏者の役だったんですけど、まあね。教えてもらってなんとかそう見えるようには頑張りましたけど、演奏中の手元とかはね、さすがにちゃんと弾ける方にやってもらっております。あの弦を押さえる系の楽器も難しいよねぇ。ぼくはあとで音を当ててもらって変にならないように、見てくれを再現することで精一杯でございました」

「あ、あった。このボタンがCMだ」一ノ瀬にしてはやや興奮気味に言う。

「よかった」植村がホッと胸を撫で下ろす。「これでなんとか放送事故は免れます。あとCDがでるボタンが見つかれば」

そこで相原はある手段を閃いた。

「一ノ瀬さん。こっちのボタン、三番だせますよね」

「ああ。音源がデータならば流せる」

「こういうのはどうでしょう。ＣＤをパソコンで読みこんで、データとしてそこ入れたら、曲流せませんか？」

「それならだせる」と一ノ瀬。「冴えてるな、相原さん」

「だったら私のノートパソコン、ディスクドライブ搭載してるんで取ってきます」

「私、持ってます」と声を張りあげたのは小園だった。彼女はバッグからノートパソコンを引っ張りだし、テーブルに置いた。「仕事でＣＤやＤＶＤをチェックすることがあるものですから」

「お借りします」相原はノートパソコンをＡＤ席に運び、早速、曲データのセット作業にかかる。

「ありがとうございます、小園さん」と植村。

「お役に立てて光栄です」

ブースの中では藤尾が『コンダクター』の撮影裏話を話している。

「スケジュールが押してたりしてて、現場がピリピリしてくるじゃないですか。だけどマイカさんが台詞をとちっても、そのおかげで却って一気に現場が和むんですよねぇ。あれは一種の才能だよな。ああいうのできるのいいなぁって。ぼくはね、できないんですよ。NGだすとなんか気まずい雰囲気になるんですよね。だれもクスリとも笑わない。監督が険しい顔をしてもう一回って言うだけ。だからNGださないようにするしかないのが、とても辛くって」

「神田くん、機材トラブルはどうにかなったんで、いまのトークおわりでCM入れるんでよろしく」

神田がまた、左手の親指を立てながら、右手で紙になにやら書いて、藤尾のほうに見せる。

「いやあ、これ以上しゃべってたら、ただの愚痴になるのでやめましょう。はは。ではここで一旦、CM」


トランジスタラジオに繋げた、片耳だけのイヤホンから藤尾涼太の声が流れてくる。スマホもタブレットもラジコのアプリはあった。だがラジオをオンタイムで聴くときはトランジスタラジオと政司は決めていた。

ベッドの端に腰かけ、自分で淹れたコーヒーを啜る。豆を挽くところからはじめた。スタバでバイトをするつもりだったので、上京前に道具を買い揃え、練習までしていたのだ。いまコーヒーを飲んでいるのは眠気覚ましである。

二年振りに藤尾涼太がニッポン放送に帰ってきたのはうれしい。しかしできれば告知をもっと早くしてほしかった。そうすればバイトから帰ってから一眠りして、体調を整えておくことができたのだ。

「撮影中、マイカさんの誕生日があったんです。その日の撮影おわったら電気消えて、みんなハッピバースデイートゥユー唄いはじめるみたいなサプライズってあるでしょう？　そのよろこび方とかもマイカさんウマいんだ。どうですか、みなさん。サプライズ受けるの、得意ですか。緊張しません？　誕生日当日に現場にいくと今日、サプライズあるんだろうなぁって思っちゃうし、たまにね、ケーキとか花束とかがチラッと見えたりすることもあるんですよ。ああいうのほんと困るんだよなぁ」

二年前と変わらぬしゃべりだ。流暢だけど、どこか自信なげなところがいい。映画やテレビドラマ、さらには演劇で数々の賞を獲り、演技派として認められ、いまや中堅と言っていい俳優でいながら、素の部分は気取らないというか、オドオドさえしているのが共感を誘う。

小学一年生の夏休み、閃光戦隊シャイニンジャーのレッドことヒカルを演じていた藤尾涼太と手を繋ぎ、祖父の家まで、みかん畑の中を歩いたときのことを思いだす。

ものの十五分ほどだったはずだ。それに十年以上昔なので、さすがにぜんぶではないにせよ、話したことはところどころはっきりと覚えている。

きみの名前、まだ訊いていなかったね。

まつざかまさし。

まさしくんはシャイニンジャーをいつも見てくれているの？

いつもはみてない。ショーガクセーになったんだから、こんなものはもうみちゃダメだって、おとうさんにキンシされたんだ。でもおじいちゃんがロクガしてくれたから、いままとめてみているところ。

厳しいんだな、まさしくんのお父さんは。

うん。でもやさしいときもあるよ。

『閃光戦隊シャイニンジャー』を見てはいけないと父に禁止されたのは事実だ。だがじつを言えば政司自身、子どもっぽいからもういいかなと思っていた。祖父が録画していたのは、かわいい孫と話が合うよう自分が見るためだったのだ。結局、見始めると止まらなくなり、三月からはじまって夏休み直前までのほぼ五ヶ月分、二十数話を三日でぜんぶ見てしまった。その後も祖父が録りだめしてくれたのを、冬休みと春休みに見にいき、映画版も祖父が映画館に連れていってくれた。ぜんぶ父にはナイショだった。

だけどどうして、きみ、ラジオをかけながら歩いているの？　ラジオが好きだとか？

肩にかけたトランジスタラジオは鳴りっ放しだったのだ。

ひとりででかけるときは、こうしろっておじいちゃんにいわれているんだ。みちにまよってもラジオをながしていればみつかるし、クマよけにもなるって。

こ、このへん熊がでるの？
ときどきだよ。でたとしても、ラジオがなっていれば、クマはよってこないから
だいじょうぶだって、おじいちゃんいってた。
熊の話に驚き、藤尾涼太がきょろきょろとあたりを見回したのはよく覚えている。
なにが起きても動じず、怖れることのないテレビの中のヒカルとはだいぶちがって
いたからだ。
まさしくんはやっぱり将来はシャイニンジャーになりたい？
そんなのムリだよ。シャイニンジャーってテレビのなかだけのおハナシでしょ。
なれっこないじゃん。
たしかに。そこはわかっているんだ。
わかっているよ。ヒカルはほんとはフジオリョータってヤクシャさんなんでしょ。
名前まで知ってくれているなんてうれしいな。
ヤクシャさんのシゴトはどう？　たのしい？
難しい質問だなぁ。やりたかった仕事ではあるんだよ。中学高校と演劇部で、人
前で演じるのは好きだったんだ。でもまさか自分が戦隊もののヒーローをやるとは
思ってなかった。それも一年、その役を演じつづけなければならないのはなかなか
シンドくてね。ぼくはヒカルみたいに明るく楽しい人間ではないし、リーダーとし
てみんなを引っ張っていく能力もないんだ。正義感も強くなければ、ひとに優しく

もない。臆病で意気地なし、ひとと話すのが大の苦手だから友達も少ない。

だったら、ぼくがともだちになってあげてもいいよ。

え？　ほんとかい？

もちろん。それとね、ともだちはすくなくてもへーキだよ。たくさんのともだちよりも、たいせつなともだちをつくれって。

おじいさんが言ってた？

やだな。ヒカルがテレビのなかでいったんじゃないか。

そうだった。たしかに言ったね。

藤尾涼太は照れ臭そうに笑った。いつも高らかに声を張りあげて笑うヒカルとはまるでちがう。だが政司にはこっちのほうがずっと好感が持てた。

そう言えばぼくには大切な友達がいてね。

どんなともだち？

高校のときに隣の席になったヤツなんだ。いまでも連絡を取りあってて、話すのは決まってラジオの話なんだ。

ラジオのどんなはなし？

まさしくんは毎日、夜中の一時とかにラジオやっているの、知ってる？

そんなよるおそくに、だれがきいているの？

ぼくもそう思っていた。でもその友達は夜遅くのラジオを聴いていて、面白いから聴いてみなよって、薦めてきたんだ。それがほんと面白くって、最初はそいつが録音していたのを借りて聴いてたんだけど、自分でも夜中に聴くようになってさ。高校二年の夏休み、ふたりで東京のラジオ局にいったんだ。

なにしにいったの？

夜中のラジオをやっているパーソナリティで、ラジオ界のレジェンドと呼ばれるひとがいて。

レジェンドってなに？

日本語に訳せば伝説って意味なんだけど。

デンセツはわかるよ。シャイニンジャーがゼッタイゼツメーのピンチになったとき、デンセツのヒーロー、ラディエンスがたすけにきたよね。

ああ、そうそう。ラジオの世界にもラディエンスみたいなひとがいてね。ラジオ局へいったのは、そのひとに会うためなんだ。もちろん中には入れないから、生放送をおえてでてくるところを待ち伏せしたんだ。

そこまで思いだし、政司はスマホを手に取る。そして地図のアプリを開き、自分が住むアパートからニッポン放送までの順路を調べた。自転車で一時間弱。いまでれば番組がエンディングを迎える頃には着く。

数秒考えてから、政司はすっくと立ちあがった。

「ロケ現場ってけっこう広大だったりするんです。『コンダクター』は北陸の港町の一角をお借りしたんですが、ここがまた広かった。そうすると、いただいた差し入れとかも各所に分散するんですね。撮影の拠点にあれば、だれだれさんからのですって貼りだされているから、そのひとにお礼を言えばいいんだとわかるんですが、べつの場所だと、だれだれさんからなのか、貼り紙がないどころか情報も届かなかったりするんです」

放送開始早々、ミキサー卓のトラブルはあったものの、その後は順調に進んでいる。藤尾のトークも、台本を読んでいるとは思えないくらい自然だ。スタッフとしてはありがたい。しかしリスナーとしての相原は物足りなかった。内容がマイカ絡みというか、マイカ中心だからだろう。

「『コンダクター』の場合、マイカさんとぼくが演奏会を開く、超立派な市民会館が拠点だったんですが、ぼくはそこの地元民という設定なので、両親に会いにいくとか、おさななじみと卒業した中学校に忍びこむとか、離れたところの撮影が多くって。そういうときスタッフが差し入れを持ってきてくれるんです。でもだれからなのかがわからずいただくことが多くって」

どこからかの電話を受け、しばらくスタジオからでていた小園が戻ってきた。えらく険しい顔になっている。どうしましたと声をかけるのも憚られるほどだ。彼女はディレクター席の植村に、そろりそろりと近寄っていき、話しかけた。

「じつはいま、事務所の者からマイカさんのボイスメッセージが、私のパソコンに届きまして。こちらなんですが」小園は植村にＵＳＢメモリを差しだす。「放送で流してほしいとのことです」

「ボイスメッセージを？　いまからですか」

植村は小園の顔をしげしげと見る。

「はい」

「それって断れないやつですか」

「はい、ちょっと偉めの人間からでして。すみません」

小園は植村に平謝りだ。しかしだからこそ有無を言わせぬ迫力があった。その証拠に植村はすっかり気圧されている。

「えぇと、わかりました」と言ってＵＳＢメモリを受け取る。「だいたいどのくらいかかりますか？」

「五分はあるかと」

「けっこうありますね」

「最後にツアーの宣伝も入っているので、まるまる使わないと」小園はお詫びの口調だ。なのにこれまた断ることができない押しの強さがあった。

「なんとか入れられるとは思います。でも最後に藤尾さん自身のエピソードトークを入れるつもりだったんですよ。加野さんもそのつもりでいま書いているだろうし。

彼に相談しないことには」

「植村さん」相原はすかさず呼びかける。「加野さんのとこ、いってきてもいいですよ」

「え？」

「しばらくだったら、こっちでなんとかしますんで」

そう言いながら相原はＡＤ席から立ち上がる。

「でも」

「だいじょうぶなんじゃない、相原さんがいれば」一ノ瀬が言った。「それにそうするしかないでしょ」

「だいじょうぶです。いっつも植村さんのやり方、見てたんで」

推しにむかってキューを振れるのだ。このチャンス、逃したら一生、後悔するだろう。

「ごめん、すぐ戻るから」

植村はスタジオから駆けだしていく。相原が空いたディレクター席に腰をおろすと、神田がギョッとした顔でこちらを見る。またなにかトラブルがあったのかと思ったのだろう。

「しゃべり手から目を離さない」隣から一ノ瀬が注意するように言う。

わかってるって。

ガラス一枚隔てたむこうの藤尾をじっと見据える。ここのところ十代の彼に浮気をしていたが、三十路の彼もやはりいい。

「左手でインカム」

一ノ瀬に言われ、相原はインカムのボタンに左手の指を軽く乗せる。ブースの中に話しかける際に押すのだ。

「笑顔」

これまた一ノ瀬だ。相原は自分が緊張で顔が引きつっているのに気づく。言われたとおりニッコリ笑う。つくり笑顔も笑顔のうちだ。

「相原D、トーク明け、なにするんでしたっけ」

さらに一ノ瀬はからかい気味に言った。Dはもちろんディレクターのdにちがいない。要するに面白がっているのだ。

相原は植村が置いていったタイムテーブルを確認する。当初の変更以外にもあちこち細かな修正が植村によって書き加えられており、いまがどこなのかも判然としないほどだった。

「曲ですね」

するとつぎに一ノ瀬はディレクター席とミキサー卓のあいだにある機材を指差した。CMやジングルなどの音素材をだすサンプラーだ。ABCと3チャンネルあり、それぞれ1から9までのスイッチがある。

「どれがジングルのスイッチかわかる？」

「Bチャンの4？」

「9ね」すかさず一ノ瀬が訂正した。

やばいやばい。テンパるな、私。


政司は高校時代、自転車通学だった。実家から学校まで、バスと電車を乗り継ぐと、一時間以上かかる。しかし自転車ならば、国道を一直線なので、三十分弱だったからである。運動神経が鈍く、スポーツはまるで駄目だったが、筋肉がついたおかげで足だけは速くなった。

いま乗っている自転車は実家から運んできたものだ。ほんの数日前、スマホホルダーを購入し、取り付けたばかりだった。いつか東京をめぐって走ろうと思っていたのだ。よもやこんなにも早く使うことになるとは思っていなかった。

トランジスタラジオをジャケットのポケットに入れ、片方だけのイヤホンを左耳に突っこみ、『藤尾涼太のオールナイトニッポン0』を聴きつづけている。

「それでまあ、その日は朝からぼくだけ、海が見える神社の境内でチェロの練習をしているっていう場面の撮影だったんですよ。これって、遠くに見える海を背景にぼくがチェロを弾いていると絵になるっていう、監督のこだわりだったんですけどね。よくよく考えれば、なんでわざわざ屋外で、それもドでかいチェロを持って石段をあがらなきゃならないんだっていう謎設定ではあるんですよ。あ、これ、けっして不満とか文句とかじゃないんで。監督聴いてたらごめんなさい。さすがにいまの時間、起きてないか。いや、でもラジコで聴くかもしれないか。あのひと、ああ見えて気にしいだからな」

藤尾涼太のおしゃべりで好きなのは、こういうところだ。毒を吐くとまでいかずとも、日々起きたことのボヤきが面白い。考えてみればみかん畑をいっしょに歩いていたときも、小学一年の政司にもボヤいていた。

「監督のことはさておきですよ。ロケ地の辺境と言っていい場所で、撮影をしてましてね。照明やカメラ位置など、セットしているあいだ、ぼくんとこに差し入れですって、月餅《げっぺい》が届いたんですよ。我が敏腕マネージャーの小園さんならば、だれだれさんからですって教えてくれるんですが、スタッフひとりきりで忙しそうにしていたものだから、ぼくのほうも訊けなかったんです。月餅の差し入れって、これまたずいぶんと渋いチョイスだなぁと思いましてね。出演者の中でも、たぶんベテランのあの方にちがいないと。そうそう、ぼくのラジオを聴いているって、以前の放送で話した大御所俳優さんです」

懐かしいな。

大御所俳優がだれか、その後、調べてわかった。『コンダクター』にも藤尾涼太の父親役として出演していたはずだ。

そんなことをぼんやり思いつつ、政司はペダルを漕ぎつづける。地元の通学路と比べて、東京の道はどこまでいっても舗装されているし、急な坂もないので楽勝だ。地元と比べて街灯が多いのは当然だが、ここまで夜が明るいとは思っていなかった。コンビニの数が多いのにも驚く。２４６という国道は車がひっきりなしに走っている。その上にある高速道路からも車が走る音が聞こえてきた。自分はいま、東京にいるのだと実感する。

やがて見覚えがある風景の中に、自分がいるのに気づいた。渋谷《しぶや》だ。一度もきたことはないものの、テレビや映画で散々見ているのでわかったのだ。赤信号で止まり、スマホを確認する。このまま２４６をまっすぐ進んでいけばいいのだが、ちょっとだけ寄り道というか、遠回りしていくことにした。

二分もしないうちに辿り着いたのは渋谷駅前のスクランブル交差点だ。さすがにこの時間だと、人影は数える程度だった。スマホをホルダーから外して写真に撮る。ＬＩＮＥなどで送る相手はいない。ツイッターやインスタといったＳＮＳもしていないので、アップすることもない。強いて言えば未来の自分のために撮った。

今日、この夜を忘れないためにだ。

「だからぼく、神社の撮影をおえて、拠点である市民会館に戻ったとき、大御所俳優さんに、ありがとうございました、月餅、おいしかったですって、お礼言ったんですよ。いつもどおり、おおぅって返事だけでしたが、やっぱり月餅はこのひとの差し入れだったんだなと。ところが撮影をおえて半年以上経って、『コンダクター』を公開するにあたってのキャンペーンで、マイカさんといっしょになって、なんかの番組で、彼女が好きなモノで、まさにあの月餅を紹介したうえ、今回の映画の撮影でも、差し入れをしたって話までしたんですよ。だって二十歳そこそこの女の子が月餅好きだって、気づかないでしょ、ふつう。勝手なイメージでね、括ったりしちゃいけないなってすごい反省しました。あぁよかった。マイカさん、月餅、ご馳走様でした。そしてお礼言えずすみませんでした。ぼくが悪いのはたしかです。でもずっと引っかかってたしこりが取れた。電波使って言うなよって話ですけど。ぼくが悪いのはたしかです。でもだったらなんであのとき、大御所俳優さんは、月餅なんて俺は差し入れたおぼえはないとかなんとか、否定してくれなかったのか。あの方、基本、ひとの話をちゃんと聴いてないんだよな」

トークがおわる手前で、ブースの中から藤尾がディレクター席に座る相原に、まっすぐな視線をむけてきた。曲紹介をしますよという合図なのは重々承知だ。それでも相原は胸が高鳴ってしまう。

「さてここで一曲、お聴きください」

相原は隣の一ノ瀬に曲だしのキューをだす。ちょうどいいタイミングで曲がはじまる。

「相原さん、手」

一ノ瀬が苦笑交じりで言う。緊張のあまり、相原はキューをだした手をそのままにしてあったのだ。

「す、すみません」

詫びて慌てて引っこめる。すると背後で小園の話し声がしてきた。

「佐々木には着信を残したんですが。はい、そうですね。私が判断させていただきました。スケジュール的にも問題なかったもので。なにか問題でも？　自分勝手なことをするな？　お言葉ですが自分勝手というのは、自分の都合だけを考えることですよね。私自身の都合など微塵も考えておりません。それどころか夜の十一時過ぎに出演依頼を受け、ちがうセクションとは言え、我が社のタレントのピンチを救ったんですよ。むしろ担当するタレントの健康管理を怠り、体調不良で生放送の出演を四時間前にキャンセルしたうえ、代理の手配さえしなかった、あちら側に問題があるとはお思いにならないのですか」

言うなぁ。

しかも一切、感情的にならず理詰めで攻めていくのが恐ろしい。この先、なにがあろうとも小園を敵に回すのだけはよそうとさえ思う。

「お待たせっ」

植村がスタジオに駆けこんできた。加野もいっしょだ。待ってはいない。できればまだ帰ってきてほしくなかったくらいだ。

「ありがと、相原さん」

「あ、はい」

「早速で悪いんだけど、マイカさんのボイスメッセージ、流すことにしたんで」

「いつ?」と一ノ瀬。

「この曲につづいてCM三本流しますよね。そのあと藤尾さんに紹介してもらってからです。いま私と加野さんで、ブースに入って、この件と後半の流れの擦り合わせを、藤尾さんと打ち合わせしてきますので。相原さん、これ、セットしてくれないかな」

植村からUSBメモリを受け取る。マイカのボイスメッセージにちがいない。

「わかりました」と返事をしながらも、相原は釈然としなかった。このぶん、藤尾自身のトークがなくなってしまうのが惜しいというか悔しいのだ。だが藤尾は所詮、代役に過ぎない。マイカのボイスメッセージが優先されるのは当然だ。

「お疲れ様」一ノ瀬が声をかけてきた。「キューのだし方、なかなかサマになってたよ」

「ありがとうございます」

相原はAD席に戻り、USBメモリを機材に差しこみ、音源を確認する。そしてパソコンに目をむけた。

「え、マジ？　なにこれ」

「どうした、相原さん？」一ノ瀬が声をかけてきた。「メモリにメッセージが入っていなかったとか？」

「いえ、そうではなくて」

相原はパソコンを操作すると、ＡＤ席を立って、サブルーム後方の壁際にあるプリンターへむかう。そこへ神田があらわれた。加野と交代して、ブースからでてきたのだ。

「神田くん、ちょっとこっちきて」

「な、なんです？」

「見てこれ」プリンターから吐きだされてくる紙を神田に渡す。「リアクションメール。尋常じゃない数が届いているんだ」

「ほんとに？　うれしいなあ。あ、でもいま出力したって意味ないですよ。どうせ番組じゃ使わないいんだし」

「神田くんはそれでいいと思う？　ただでさえマイカさんのボイスメッセージを流すことで、藤尾さん自身のトークが削られちゃうんだよ。代役とはいえ、二年振りに藤尾さんがニッポン放送に戻ってきて、みんなからこれだけ歓迎されていて、なのにこのままおわってしまうのって、もったいないないと思わない？」

「いや、でもディレクターはあくまで植村さんで、放送作家であるぼくはその意向に沿うべきであって」

「私はね。イエスマン龍に嫉妬してたんだ」

「え?」

「ほぼ毎週藤尾さんにメールを読んでもらっていたでしょ。『千夜一夜物語』なんて十二回も採用されてさ。私だって一所懸命考えて、何通も送ったんだよ。メールだと目立たないから、ハガキでもだしてたんだからね。なのに二年間に三回だけだよ、採用されたのって。そのうちネタじゃかなわない、せめてリアクションメールを読んでもらおうって、どれだけ自分が『藤尾涼太のオールナイトニッポン』を愛しているか、毎回送っていたんだ。でも私のだけじゃなくて、他のひとのも読まれることはなかった。今回も読まれないかもしれない、でも思いは届けたいって、これだけ多くのひとがメールを送ってきているんだ。私はこれを無視できないっ」

「相原さん」

気づけば植村がそばにいた。いつの間にかブースをでてきたらしい。彼女にメールを渡す。手元にあるぶんだけだ。プリンターからはまだまだ出力されていた。

「植村さん、お願いがあります。このままじゃ結局、いま聴いてくれているリスナーが参加できずにおわってしまいます。私はそんなの嫌です。反対です。パーソナリティがしゃべって、リスナーからの反応が返ってきて、いっしょにつくりあげていくのがラジオですよね。せっかくの生放送じゃないですか」

すると神田が相原から離れ、テーブルにあった紙になにやら書きだした。「藤尾さんが心配しちゃってるよ。なんかまたトラブルなのかって」

「どうしちゃったの、みんな?」加野もブースからでてきた。

「加野さんっ」

「こ、怖いよ、神田くん。目がバキバキになってる」

「この先の台本なのですが」

「自分で言うのもなんだけど、いいの書けたよぉ。最高傑作と言っても過言では」

「すみません、それ、ボツにしてもらえませんか」

「え?」

「ぼくがいま書いた、ラジオの台本に差し替えていただきたいのです」

どうして神田はわざわざ〈ラジオの〉と強調したのだろう。そこで相原は番組がはじまる前、加野が神田にむかって言った言葉を思いだす。

ラジオの台本って、パーソナリティがしゃべりだす、いいきっかけになれればいいんだよ。それってじつは台詞を書くよりも難しいし、ぼくなんか書かな過ぎだって、よくディレクターに怒られるけど。

「そんなはずないでしょ」と植村。「さっきブースからでてきたばっかりなのに」

「これです」

神田はいましがた書いた紙を植村にむける。加野が覗きこんだ。相原もだ。

「神田くん、本気？」

「ほ、本気です」植村に訊かれ、神田は裏声で答えた。顔が真っ赤になっており、このまま放っておけば頭が爆発しそうだ。

「わかった。やろう」植村がきっぱり言い切った。「いまの藤尾さんならば、ありのままの自分をさらけだしてしゃべることはできると思う。たとえウマくしゃべれなくても、それを受け入れてくれるのがラジオだからね。かまいませんよね、小園さん」

「あ、はい」植村に見据えられ、小園は少したじろぐ。

「すみません、加野さん。最高傑作をボツにしちゃって」

「やだな、植村さん。気にしないで。ぼくくらいになるとそのとき書いたのが、いつも最高傑作だからさ」

「では」植村はブースのほうを振りむく。藤尾もこちらを窺っていた。「神田くん。きみが書いたラジオの台本、貸して」

貸してと言いながら奪うように取ると、植村はブースへむかう。相原も思わずついていく。

「なにかありましたか」

テーブルを挟んで真向かいに座った植村に、藤尾が訊ねた。

「ごめんなさい、心配させてしまって。このあとの展開なのですが、さきほどの打ち合わせはすべて忘れていただけませんか。代わりに相談したいことがあるんです」

「それで、いいラジオになりますか」

「はい、きっと」

「聴かせてください」


あれが六本木《ろっぽんぎ》ヒルズかな。

交差点で自転車を止め、政司は息を整えながら、ホルダーからスマホを外し、現在地を確認していた。地図と見比べ、高速道路のむこうに見える高層ビルが六本木ヒルズにちがいないと確信すると、ひとまず写真に収めておくことにした。高速道路の高架に英字の表示を見て、一瞬、英語かと思いきや、ただ単に六本木をローマ字で書いてあるだけだとすぐに気づく。

でもなんで〈ROPPONGI ROPPONGI〉って二回書いてあるんだろ。

人通りはまばらだ。夜更けというより、明け方近くの時間帯ならば、六本木でもこんなものなのだろう。ふたたび地図のアプリに戻し、ここまで走ってきたのが六本木通りで、いまから入るのは外苑東通り《がいえんひがしどお》りだとわかる。アプリが提示する時間よりも十分早く、六本木に辿り着いた。ニッポン放送まで二十分とあるが、この調子でいけば四時には辿り着けるだろう。

イヤホンからいま聴こえているのは、藤尾涼太ではなくマイカの声だった。ツアーのミーティングやリハで忙しく、ときどき目眩を起こし、不眠症気味でもあったせいで、遂に体調を崩してしまったと、延々としゃべっていた。これだけ話せれば休まずともよかったのではとさえ思う。だが彼女が休んでくれたからこそ、藤尾涼太がニッポン放送に再臨したのだから文句は言うまい。

「ということで、今日は大事を取ってお休みさせてもらいましたが、おかげさまで明日からはまた、全力マイカでやれそうです。ツアーに参加してくれる予定のみなさん、全国の会場で必ず元気で会いましょう。そして藤尾さん、改めて急遽代わっていただいて、ありがとうございます。映画の撮影現場ではあんまり話したりできませんでしたけど、今度ぜひ、ご飯とかいきましょう。それでは引きつづき『藤尾涼太のオールナイトニッポン0』をお楽しみください」

信号が青になった。政司はペダルを漕いで、交差点を渡っていく。

「はい、ということで、マイカさんからのメッセージでした。現場であんまり絡みがなかったことを暴露されてしまいましたね。さてそれではリアクションメール、読みたいと思います」

「嘘でしょ」

政司は思わず呟いてしまう。『藤尾涼太のオールナイトニッポン』では一度もリアクションメールが読まれたことがなかったのだ。

「ラジオネーム〈アックス爆弾〉。こんばんは、二年前の放送、聴いていました。

一夜限りでも復活うれしいです。マイカさんのエピソードもいいですが、『藤尾涼太のオールナイトニッポン』リスナーとしては、藤尾さん自身の話も聴きたいです。ありがとうございます」

そうだ、俺も聴きたい。これまでのエピソードトークだって悪くはなかった。でもマイカ絡みで、藤尾涼太が脇役っぽい話ばかりだった。ここはひとつ、藤尾涼太自身の話が聴きたい。

「ありがたいですねぇ。じつは前にレギュラーでやらせてもらってたとき、ディレクターだった堂島さん、いま目の前にいる放送作家の加野さんとみっちり打ち合わせしたうえで、二時間まるまる台本を書いてもらいましてね。短時間でできるかぎり覚えて、生放送でしゃべっていました」

え?

「言っちゃった」

ディレクター席で植村が呟く。ブースの中で、加野が口をあんぐり開けている。相原の隣に立つ神田もだ。彼のむこうで小園は藤尾をじっと見つめていた。

「二度手間もいいところで、堂島さんや加野さんには散々迷惑をかけました。でもそこまでしないと話せなかったんです。二時間の台本があって、それを丸暗記して、ラジオのパーソナリティの藤尾涼太を演じることで、なんとか話すことができていました。今日の放送も急遽だったのにもかかわらず、加野さんに台本を書いてもらい、暗記する時間はなかったので、この場で読んでいくってやり方をしていました。ところがいま、手元にある台本にはフリートークとしか書かれていません。あ、べつに元ポンコツＡＤの植村さんにイジワルされたわけじゃないんですよ。いま読んだ〈アックス爆弾〉さんの他にも、ぼくの話が聴きたいっていうメールがたくさん届いていましてね。この先の台本は映画の裏話がつづくはずだったんですが、植村さんがフリーで話してみないかって相談しにきたんです。もしかしたらぼくにとって、これが最後のラジオかもしれない、それならばって、思い切ってやってみることにしました。でも困ったなぁ。どうしよう。なんの話をしよう。うぅぅん」

藤尾は口をつぐんで宙を見つめている。まずい。無音状態になってしまった。

「藤尾さん、ひとまずＣＭいきますか」

植村がディレクター席のマイクから藤尾に話しかけた。このままだと放送事故になりかねないからだろう。

「だいじょうぶです。あ、すみません。いまのはディレクターの植村さんに対して、思わず返事をしてしまいました。えぇと、それではうまく話せないかもしれませんけど、ぼくとラジオの出逢いについて、話したいと思います。ぼく、昔からというかいまもですけど、急に話をふられて、ポンと面白い返しができる人間じゃなくて。全然子どもの頃も、会話の輪に入れなかったんですね。どう話したらみんなが興味を持ってくれるのかわからなくて、考えれば考えるほど余計わからなくなって。映画やテレビの番宣で、バラエティ番組のゲストとしてでても、地蔵のように固まって、一言も話せなくなってしまうのは、だからなんですよ。でも小学生んとき、学芸会で劇をやって、もちろん演技なんてはじめてだったし。なんですけど役と台詞を与えられて、話すことが決まってると、自然と言葉がスゥゥッと口からでてくることに気づいたんですね。これならできる、みんな、ぼくの話を聴いてくれるって。物語の中の世界が、ぼくの生きる世界なのかなって、子どもながらに思ったのを覚えています。それで演劇部に入るんですけど、結局、友達はできてないんですね。教室ではしゃべれないから。そんな全然イケてない学校生活を送っていました」

『藤尾涼太のオールナイトニッポン』がまるまる台本だったという、突然の告白に政司は少なからず衝撃を受けた。ならばあの二年間、藤尾涼太が話していたのは、彼の言葉ではなかったのか。そんなはずはない。とてもそうは思えなかった。そしていま、フリートークをはじめた藤尾涼太の口調は、なにを話そうかという迷いがはっきりわかるほど、たどたどしくて心許なかった。政司は一度、自転車を止め、トランジスタラジオのボリュームをあげる。

あっ。

自分が走る外苑東通りの先に、光る塔がそびえ立っていた。

東京タワーだ。

「ところがある日、ぼくとおなじように休み時間、一言もしゃべれないヤツと席が隣になったんです。そいつ、休み時間はずっとイヤホンして、なんか聴いてて。MDプレーヤーで、持ってきちゃいけないんだけど、こう、袖から線を通して。それがずっと気になってて。勇気をだして、なにを聴いているんだって訊いたら、ラジオだって言うんですね。録音してたヤツ、聴いてたんです。ぼくが興味を示したのがうれしかったのか、そいつ、プレーヤーごと貸してくれました。最初聴いたときは、ひとの声がすごく近くに聴こえて驚きました。でもなんかひさしぶりに、ひとの会話に交ぜてもらえたような気がして、うれしかったのを覚えています」

スマホで東京タワーを撮影しているあいだ、藤尾涼太が話していることに、政司は聴き覚えがあった。ああ、そうだ。みかん畑を歩きながら聴いた話だ。

「それでぼくもハマって、その友達とだけ、学校で話すようになったんです。教室の隅っこで、ラジオの話を。ふたりとも当時、ラジオ界のレジェンドと呼ばれていた方の大ファンだったので、高二の夏休み、ふたりで会いにいこうって、地元から高速バスに乗って、東京にでてきて、ニッポン放送で出待ちをしたこともありました。実際、会えましてね。ぼくも友達も緊張のあまり、握手しかできなくて。レジェンドのほうから、携帯とか持っていれば、いっしょに写真を撮ってもいいよって言ってくれたんです」

光り輝く東京タワーにむかって走りながら、レジェンドの話も藤尾涼太から直接、みかん畑で聴いたのを思いだす。

祖父の家に着くと、祖母は藤尾涼太に驚きながらも、捻挫した足に湿布を貼ったうえ、固定させるために包帯も巻いた。若い頃、看護師だったことがあったのだ。口にあうかわからんけどと言いながら、祖母が蕎麦を茹でて、野菜や山菜の天ぷらを揚げているうちに、家の電話で連絡し、藤尾涼太の居場所を報せた。そして政司と祖母の手料理を食べているところに、タクシーで彼のマネージャーだという男が訪れた。いま思えば、あのひとがチーフマネージャーの佐々木だったのかもしれない。いったい家のどこにあったのか、祖母は色紙をだしてきて、藤尾涼太にサインをもらった。その色紙は祖母の家の仏間に飾ってある。いっしょに撮った写真もだ。

「もう十年以上も昔の話なんで、言っちゃいますが、ぼく、プロフィールだと男友達の買い物に付きあい、表参道でスカウトされたことになってるじゃないですか。あれがじつはこんときでして。レジェンドに会ったあと、銀座の漫画喫茶で仮眠を取って丸一日東京で遊んで、夜中にでる高速バスで地元に帰ることにしたんです。で、友達の付き合いで表参道にいったのはほんとなんですが、買い物じゃないんです。表参道からちょっと入ったところに美術館があって、そこに浮世絵を見にいくのを付きあったんですよ。そいつ、小学校の頃から浮世絵にハマって、高校をでてからは美大に進んで、いまもそっち系統の勉強をつづけていましてね。スカウトされたのは、その美術館をでたあとでした。ぼくは断ったんです。でも友達がこんなチャンスは滅多にないからって、スカウトのひとと三人で喫茶店に入って、話を聴くことにしたんです。そしたら、藤尾は演劇部で芝居もできる、文化祭などで何度か見たことがあるが、他の部員と比べて、抜きんでてウマい、スター性さえ感じるって、友達がぼくのことを売りこみだしたんですよ。スカウトのひとも、さすがに面食らっていたな。でもぼくもだんだんその気になってきて、地元に帰ってから、親を説得して、一ヶ月後にはブライトプロに所属していました。高校生のうちからモデルの仕事をはじめて、卒業する段階で、東京に住んで仕事することになると、友情の証だって、友達が取り溜めてたMD、まとめてくれました。そんとき彼はぼくにこう言ったんです。いつでもラジオはおまえの味方だ、ラジオはおまえを裏切らないって」

藤尾涼太の声のトーンはだいぶ低くなっている。まるで懺悔を聴かされているようだ。いったいこのトークはどこへむかっているのだろう。

政司は不安にかられながらも、耳をそばだてる。

相原も不安だった。藤尾のトークが思いも寄らない方向へ進んでいるからだ。ごくりと唾を飲みこみ、話をつづける藤尾に見入ってしまう。

「台本があるとは言え、ラジオができて、最初はうれしかったんですよ。自分の失敗談を元にしたエピソードを話したあと、励まされましたって感想をもらえると、かつて自分がラジオからもらった元気を返せているような気がして、うれしかったんです。でも回を重ねる毎に、ほんとにこれでいいのかって思いが、少しずつ募ってきました。間違いなく自分の話ではあります。でも堂島さんや加野さんが手を加え、台本にしてもらった言葉が、自分の言葉と言えるのかって。だとしたらほんとの自分を知ってもらっていることにはならないし、リスナーに対しても不誠実なことをしているのではないかと。ラジオは味方だ、ラジオは裏切らない。ラジオの楽しさを教えてくれた友達はそう言いました。ぼくがオールナイトやるって決まったとき、我が事みたいによろこんでくれた彼をはじめ、リスナーを裏切っているようにしか思えなくなった。その話を堂島さんと加野さんに伝え、降板することにしたんです。要するにぼくはラジオから逃げてしまった。ならばどうしていま、代役とはいえ、こうしてしゃしゃりでてきてしまったのか」

藤尾は一旦、言葉を止めた。僅かな沈黙のあと、ふたたび口を開く。

「植村さんから、代役依頼の電話をもらったとき、正気を疑ったんですよね。だってそうでしょ。彼女もぼくが台本なければしゃべれないって知ってますし。でも話を聴いているうちに、熱意が伝わってきましてね。一回だけならどうにかなるかもと思い、引き受けたんです。マイカさんとは映画で共演しているし、彼女の話を中心に台本をつくってもらえれば、なんとか乗り切れると思ったんです。そしたらさきほどの〈アックス爆弾〉さんとおなじように、ぼくの話が聴きたいよっていうメールをたくさんいただきまして。あれ？　この話、さっきしましたよね？　ごめんなさい。なんかとりとめなくしゃべっていたら、話がループしてしまいました。やっぱ加野さんに書いてもらわなきゃ駄目だなぁ。えっと友達からもらったMDは、いまでも大切に持っていて、ときどき聴くんですよ。それこそ『コンダクター』の地方ロケにも持っていったな。それを聴いていると、友達との思い出が甦ってくるんです。あの夜見た景色とか、そのときの気持ちとか。ぼくにとって、ラジオは青春そのものだったんだなぁっていまにして思います。ではここで一旦CMです」

外苑東通りを左に折れ、いま走っているのは桜田通《さくらだどお》りだ。東京タワーは右斜めうしろにあり、どんどん遠ざかっていく。

「ちょっと散歩しない？　と娘に散歩を誘われた。そして七年振りに娘と映画デート。娘と仲よくしたいパパ、必読！　人生のピークを更新しつづけるコツがこの一冊に！　オールナイトニッポン0パーソナリティ、佐久間宣行《さくまのぶゆき》、待望の育児本、『娘に散歩に誘われる父親になる方法』、絶賛発売中！」

ＣＭがおわったあと、『藤尾涼太のオールナイトニッポン』のときのジングルが流れ、懐かしさに胸が熱くなる。よもや高校生の頃、自分が東京を自転車で走るなんて思ってもみなかった。きっとこの先、東京に暮らしているあいだにも、いまの自分には予想できないことが起きるにちがいない。

「藤尾涼太です。この時間、いつもでしたら『マイカのオールナイトニッポン0』なのですが、マイカさんが体調不良のため、ぼく、藤尾涼太が代役を務めています。さてここからはリアクションメールを読んでいきましょう。ラジオネーム〈マタオイルドープネス〉。藤尾さん、おひさしぶりです。二年前もよくメールを送っていたリスナーです。ひさびさに藤尾さんの番組を聴いて、当時送ろうか迷っていたメール、また送ることにしました。藤尾さん、リスナーはわかってますよ。っていうかごめんなさい。藤尾さんが私達のために頑張って、いろいろ考えて面白いラジオやってくれてるの、薄々気づいてたのに、番組楽しくて甘んじちゃってました。いやぁ、こういう話もいいですね。たまたま夜更かししててよかったです。参ったなぁ。これってつまりぼくが台本ありきでやってたの、見透かされてたってことですよね。わかるひとにはわかっていたんだろうなぁ。それでも見捨てず聴きつづけてくれたのには感謝しかありません。ありがとうございます。つぎのメール。ラジオネーム〈愛知のナイト〉。うまく話せないかもしれませんけどと前置きをして、話をしはじめた藤尾さん、声のトーンが、ぼくによく金を借りにくる友達とまったくいっしょで、藤尾、借金の告白をするんだなと覚悟しましたが、そうではなくてよかったです。本音で語ってくれた藤尾さんに好感度しかないです。もし今後、金に困ったら相談してください。パーソナリティとリスナーの仲なので、二千円くらいならすぐ貸しますよ。二千円かぁ。パーソナリティとリスナーの仲であれば、もう少し貸してくださってもいいと思いますが。でも金額じゃないですもんね、気持ちですよね、気持ち。優しいですね、〈愛知のナイト〉さん。金に困ったら相談してくださいって。ありがとうございます」

なんだよ、もう。

まさか今夜に限って、リアクションメールがつぎつぎと読まれるとは予想できなかった。こんなことであれば、自分もだしておけばよかったと、政司はちょっとだけ後悔する。

「つづきまして、ラジオネーム〈ひつまぶしむろ〉。藤尾さん、何週連続でサボっているんですか。待ちくたびれましたよ。こんだけ待たせて、さぞ本物のフリートークが溜まっているんじゃないですか。これは褒めてくれているのか、あの、いまからもう一発なんかカマせよっていうのか、わかんないですけど、でも待っていてくれて、ぼく、うれしいです。ありがとうございます。つづきましてラジオネーム〈まるふじ〉。ぼくとラジオの出逢いは、この『藤尾涼太のオールナイトニッポン』です。ぼくには学生時代の藤尾さんにMDプレーヤーを貸してくれたような友達はいません。でも、ぼくは藤尾さんのことを、年の離れた友達だと思っています。友達はどんなことがあっても友達です。藤尾さんがどうなろうと、ぼくはラジオを通して、あなたの話に耳を傾けます。いいことを書き過ぎたので、最後にバランスを取らせてください。ぼくはオナラがすごく臭いです。プププのプウゥゥッ。ギャップ、すごいですね。勘弁してくださいって。吹きだした途端、洟がでちゃったじゃないですか」

　そして洟をかむ音が聴こえてきた。

「これでも一応、ぼく、イケメン俳優枠なんですよ。こんなこと、させないでください」

　そう言いながらも藤尾涼太は笑っていた。いっしょに笑っているのは放送作家の加野だろう。この笑い声も懐かしい。

「つづきまして、ラジオネーム〈ゆきうさぎ〉。藤尾さん、お帰りなさい。受験で不安に押し潰されそうな夜、友人関係で眠れない夜、藤尾さんの声は心の重石を半分持ってくれました。今夜二年振りに藤尾さんの声が聴けてとてもうれしい。いま私が笑えているのは藤尾さんのおかげです。うれしいですね。友人関係に悩んで眠れないのであれば、ま、さっきの〈まるふじ〉さんも、ぼくのことを友達だと思ってくれてるみたいなんで、〈ゆきうさぎ〉さんも、ぼくのことを友達だと思ってくれたらうれしいです。つづきまして、ラジオネーム〈ありおりハーベリー〉。藤尾さん、こんばんは。私は藤尾さんがしてくれる面白い話も好きですが、それよりも藤尾さんの声、しゃべり方が好きなんだなと思いました。藤尾さんの伝えようとしてくれてる気持ち、声だけですが、届いていますよ」

　そこで藤尾涼太の言葉が途切れた。洟を啜る音がする。

「これからも、藤尾さんがラジオをやることがあれば、聴きつづけたいと思います。ありがとうございます。いやぁ、いけませんね。三十超えてから涙もろくなっちゃって。ぼく、折角送ってくれたメールにうまく返せなかったら申し訳ないなと思って、放送中はリアクションメールとか、あんまり読んでこなかったんですけど、やっぱり自分の話に返事してもらえるってうれしいですね。いいですね、ラジオって。こうやって、他ではできないような話もできて、それをリスナーに聴いてもらえて、ほんとに好きだな、ラジオって。って思いました。まあね、さっき話した、ぼくが上京してきたときの夜とか、それ以外にも、ちょっといいことがあった日の夜とか、仕事をしなくちゃいけない夜とか、明日がくるのが怖いなぁっていう日の夜とか、これまで何回も、ラジオがなかったら、あの夜どうしてただろうって夜があるんですけど、この夜もまた忘れられない夜の中に加わりそうです」

　ぼくもいつか、と政司は藤尾涼太のトークを聴きながら思う。五年後、十年後、さらにずっと先の未来、ほとんど人影のない東京の夜景を思いだすにちがいない。

「すみませんっ」

　政司はぎょっとした。桜田通りを右に曲がって、外堀通りを走っている途中、無機質なビルが立ち並ぶ場所で、背後から女性の声がした。何事かと思い、自転車を止めて振り返る。すると一台の自転車が猛スピードで近寄ってきた。

なんだ、なんだ？

ききっと音を立てて、政司の隣に自転車が止まる。ハンドルの前にカゴがついた、年季の入ったママチャリだった。

「このへんにニッポン放送があるはずなんですが、どこだかわかりませんか」

ぜいぜいと肩で息をしながら訊ねてきたのは、政司と変わらぬ歳と思しき女の子だった。ぱっちりとした目で、じっと見つめられ、政司は焦ってしまう。中学高校と共学ではあったが、女子とまともに口をきいたことがなかったからだ。

「ぼ、ぼくもいまからいくところで」

「藤尾涼太さんのラジオ、聴いてます？」女の子の視線が政司の左耳にむけられている。

「あ、うん。それであの、藤尾さんの出待ちをしようかと」

「私もなんです。私ん家、曳舟《ひきふね》なんですけど、ラジオを聴いてたらいてもたってもいられなくって。スマホでラジオ聴きつつ、マップのアプリを頼りに走ってきたら、十分くらい前に充電が切れちゃったんです。あとをついていっていいですか」

曳舟とはどこなのだろうと思いつつ、「いいよ」と答えるので精一杯だった。

「助かります。ありがとうございます。藤尾さんっていま、なんの話してます？降板の理由を話したとこまで聴けたんですけど」

「リアクションメールを六通読んでた」

「六通も？　えぇぇ、だったら私もだしておけばよかったぁ」

「ぼくもそう思った。前の放送んときはリアクションメール、読んでいなかったし」

「ですよね。やっぱ前のも聴いてたんですか」

「うん。初回からぜんぶ」それ言う必要あるのかと自分にツッコミを入れる。

「私も。さっきの告白、どう思いました？」

「台本どおりにしゃべっていたって話だよね。驚きはしたよ。でも藤尾さんはそれだけ真剣にラジオにむきあっていたんだと思った」

「ですよね。よかった。私とおんなじこと思ってるひとがいて」

女の子はにっこり微笑む。

これは夢か。自分で淹れたコーヒーを飲んでも、結局は眠気に勝てずに寝てしまって、夢を見ているのではないか。そうでなければ、こんなかわいい子が微笑みかけてくることなんてあるはずがない。

「ごめんなさい。話してる場合じゃなかった。いきましょう」

「あ、ああ」

政司はハンドルを握り直し、ペダルに足をかけたが、走りだす前に、ジャケットのポケットからトランジスタラジオを取りだした。

「ラジオで聴いてたんだ」

女の子は目をまん丸に見開いた。ラジオをラジオで聴くのは当然だ。でもいまはスマホで聴くのが主流だからだろう。政司はラジオからイヤホンを抜く。そして「これくらいだったらきみも聴けるでしょ」とボリュームをあげる。ＣＭがおわり、ジングルが流れていた。

「ありがと。優しいんですね」

ふたたび女の子が微笑んだ。

やはり夢にしか思えない。


浮かれ過ぎでしょ。

ＡＤ席から植村を見ながら相原は思う。

藤尾の突然の告白のあと、リアクションメールはさらに増して、夜中の四時過ぎにもかかわらず、いまもひっきりなしに届いている。九割以上は好意的な意見だ。公式ツイッターの反応もよく、タブレットを見せて、そのことを告げた。すると植村は「これ貸して」とタブレットを奪うように取って、両手で頭の上に掲げ、藤尾のほうにむけたのだ。しかも身体を左右に軽く揺らしている。

「いまブースの外からディレクターの植村さんがタブレットをすごくうれしそうに見せてきてるんですけど、これは反響いただいてるってことなんですかね。ありがたいなぁ。でも植村さん、浮かれ過ぎじゃありません？」

だよな。藤尾が自分と同意見であることに、相原はひとりニヤつく。

「すみません」ディレクター席のマイクにむかって、植村が詫びてから、相原にタブレットを返す。しかし身体の揺れはそのままだ。

「すみませんと植村さんからお詫びが入りました。そしていま加野さんがノートパソコンの画面をぼくにむけているのですが、これはツイッターの反応ですかねぇ。みなさん、こんなにたくさん聴いてくれてたんですね。サイコーですとか、藤尾さん大好きですとか。みなさん、ほんとありがとうございます。ぼく自身、わだかまっていたものが、一気に晴れた感じで、清々しいくらいの気持ちです。さて、ここで曲をかけたいと思います。じつは二年前、番組終了を発表した回で流したかった曲なんですけど、とあるポンコツＡＤのミスでかけられなかった曲をようやくお届けできます。ね？　植村さん。それではお聴きください。Creepy Nuts × Ayase ×幾田りらで『ばかまじめ』」

植村のキューで一ノ瀬が卓を操作し、曲が流れだした。そのときだ。第二スタジオに堂島と野々宮が駆けこんできた。

「どうしました？」

振りむきざま植村は訊ねる。ふたりとも尋常ではない顔つきだったのだ。

「ウチの偉めのだれかがやってきたとか？」これは小園だ。

「いや、それはだいじょうぶ」と野々宮。「俺が最善を尽くしたから」

かかってきた電話にでないで、寝てることにするのが、最善なのかと相原は胸の内でツッこむ。

「またなにかトラブル？」

ブースのドアを開き、加野が訊ねてきた。

「トラブルではない」堂島が徐に言う。「強いて言えばうれしい誤算かな」

「いったいなにが？」ふたたび植村が訊ねた。

「警備室から俺のデスクに電話があってな」野々宮が嬉々として話しだす。「会社の前に藤尾さんのファンが集まっているらしい」

「なんだ、ただの出待ち？」加野が言った。ドアを開けっ放しにして、ブースとサブルームのあいだに立っているのは、藤尾の耳にも入るようにだろう。

「ああ」と堂島。「でもいま見にいったら、軽く五十人はいた。まだ増えそうなんだ。あくまでも俺の意見だが、みんな自分の意思で、自然と集まってきたみたいなんだ。そこで相談なんだが、小園さん。番組がおわったあと、出待ちしてるひと達に一言でいい。藤尾さんから挨拶してやってくれないかな。間違いがないよう警備員だけじゃなくて、俺達もそばにいるんで」

「いまこれからでもいいですか」

藤尾がブースの中で言った。それだけではない。立ち上がって、加野の横を通り、サブルームまででてきた。彼の発言にみんな、ぽかんとするばかりだ。

「それってまさか」相原はたしかめるように訊ねる。「会社の前から中継するってことですか」

「そうです」藤尾はこともなげに言った。「ぼくが出待ちのひと達にインタビューするのはどうでしょう?」

「ぶっつけ本番で?」堂島は信じ難いという顔つきになる。

「いいんじゃない?　やらせてあげなよ」そう言ったのは野々宮だ。若干やけっぱちっぽい。「ここまできたらなんでもアリでしょ」

「よくそんな無茶で無責任なこと」

「無茶かもしれんが、無責任じゃないぜ」いきり立つ堂島を野々宮は軽くいなす。「なにかあったら、俺が各方面に謝って歩いてやる。ひとの尻拭いは俺の得意技のひとつだ」

「相原さんっ」

「はい」植村に呼ばれると同時に、ＡＤ席から勢いよく立ち上がった。

「中継機とマイク、すぐ準備して」

「それではお聴きください。Creepy Nuts × Ayase ×幾田りらで『ばかまじめ』」トランジスタラジオから曲が流れた途端だ。

「私、この曲好きっ」

女の子が叫んだ。ぼくも、と政司は言おうとした。ひとりでカラオケに言って唄うこともあるのだ。だがそれより先に女の子は自転車を漕ぎながら、ラジオといっしょに唄いだしていた。嘘だろと政司は面食らう。彼女の歌声はひとひとりいないビジネス街に響き渡る。そして幾田りらのパートがおわったところで、彼女は政司のほうを見た。つづくR－指定のパートを唄えと目で訴えているのがわかる。こうなれば自棄《やけ》だ。少し音程を外しながらも政司は唄った。そしてデュエットになると女の子はふたたび唄いだした。

深夜四時過ぎ、東京のど真ん中で、女の子と唄うなんてあり得ない。やはり夢だ。そうでなければ渋谷か六本木で車に轢かれ、瀕死状態のところに天使が舞い降りてきたのではないか。

だが間違いなく現実だった。

外堀通りを左に折れて、日比谷通りを走っているあいだ、唄いつづけていた。『ばかまじめ』がおわり、ジングルが流れ、CMがはじまる。

「いま、一分に一冊売れています！　あの石井《いしい》Pには、話せる話がまだまだあった！　あの伝説の公演の成功から二年の月日を経て、ついに刊行！　絶対時間を発動させて綴った、珠玉のエッセイ集！　現役オールナイトニッポンチーフプロデューサー、野々宮代助解説、『アフタートーク3』絶賛発売中！」

ん？

むかう先にひとが集まっているのが見えた。それもけっこうな数だ。四、五十人はいそうだ。自転車やバイクに乗ったままのひと達もいる。

「あそこじゃない？」女の子が背後で言う。「私達とおんなじで、藤尾さんを出待ちしているんだよ、きっと」

なるほどと納得すると同時に、こんな夜更けにニッポン放送に駆けつけたひとがこんなにいたのかと政司は驚いた。

みんな、どうかしてるって。

ひとのこと言えないけど。


「神田さん、相原さん」

「は、はい」「な、なんでしょうか」

突然、藤尾に呼ばれ、神田と相原は即座に答えた。小園を加えた四人は第二スタジオをでて、階段を駆け下りている最中だ。エレベーターでいこうとしたところ、三基ともべつの階にあり、待ち切れないとばかり、藤尾が真っ先に階段へむかったのだ。肩に提げた四角い箱は中継機である。いわゆる弁当箱と呼ばれる代物だが、弁当箱にしてはけっこうデカめだ。そこにコードを差しこんだマイクを藤尾は左手に持ち、第二スタジオに残った植村の指示を聴くためのイヤホンを左耳に入れている。

「ふたりがいなければ、今日も最後まで台本を読むだけのラジオでおわっていたかもしれません。ほんとにありがとうございます」

「と、特別なにかしたわけではありません」よもや推しに礼を言われるときが訪れるとは。心の準備ができていなかった相原は焦りまくる。「ふ、藤尾さん自身の話が聴きたいっていうリアクションメールが山ほど届いていたのを、植村さんに伝えただけで。そしたら神田くんがフリートークと紙に書いて」

「パーソナリティとリスナーがいっしょにつくりあげていくのがラジオだと、相原さんが言ったからですよ。そのためには藤尾さんに自分の言葉でしゃべってもらわないと。すみません、出過ぎた真似をしまして」

「とんでもない。おかげで自分の言葉で話すことができました。いや、でもどうかな。言葉って言い表したい気持ちそのものになることはできないんだって、痛感しました」

「だいじょうぶです」相原はすかさず言った。「だから自分の言葉を、なるべくそのまま正しく伝えようと台本に頼っていたんですよね。でもさっきのフリートークもちゃんとリスナーに伝わっていました。元『藤尾涼太のオールナイトニッポン』のリスナーだった私が言うんだから間違いありません」

「そうだったんですか」

「番組にメールを送っていたみたいですよ」

余計なことを言うな、イエスマン龍。

「なんていうラジオネームで？」

「えっと、あの」藤尾に訊かれたら、答えざるを得ない。「モナカを食べてる最中です」

「ハガキでもよく送ってもらってませんでした？」

「あ、はい」

「派手な色のペンでネタを書いたり、かわいい柄のマスキングテープでまわりを縁取ったりもしてましたよね。だれよりも目立つハガキだったんで、よく覚えています」

やった。やったやった。

昔の私よ、きみの努力は無駄ではなかったぞ。

番組では読まれなかったにせよ、尊き推しは覚えていてくれたのだ。なにも思い残すことはない。このまま階段から転げ落ちて、打ちどころが悪くて死んだとしても悔いはない。

いや、駄目だ。そんなことになったら放送ができなくなってしまう。

ニッポン放送の前までいくと、警備員のオジサンにビルの脇まで誘導された。すでに自転車とバイクが十数台並んでおり、その端に自分達のも置く。

「どうもありがと」

女の子に礼を言われ、政司はまごついてしまう。人生であまり経験したことがないからだ。

「藤尾さんに会えたら、そのあと朝ごはん食べいこ。有楽町駅の吉野家だったら二十四時間営業だからさ。お礼に奢ってあげる」

女の子とふたりだけで食事？

「こ、光栄です」なにか言わねばと思い、気づけばそう言っていた。そのときだ。

「みなさんっ、ぼくの声、聴こえていますか」

トランジスタラジオから藤尾涼太が呼びかけてきた。やたら声が反響している。ばたばたと騒々しいのは足音だろうか。

「スタジオをでまして、ニッポン放送の階段を駆け下りています。じつはですね、ぼくのラジオを聴いて、ニッポン放送まできてしまったというひと達が、表に集まっているとの情報を得まして、いてもたってもいられなくなり、いまから会いにいくところでありますっ」

「いこっ」と女の子が走りだす。彼女はためらいもなく、群がるひと達の中へ飛びこんだ。政司は慌ててそのあとを追いかける。

「うわっ。これはすごい」

藤尾が驚くのも無理はない。一階に辿り着き、ロビーにでると、ガラスのむこうには思った以上に大勢のひと達がいたのだ。相原もこれほどまでとは思わなかった。

「みなさん、ぼくに手を振ってくださっています。以前の番組ではいつかイベントをやりたいと言いつつ、おわってしまって、リスナーとは会えずじまいでしたからね。しかしよもやこんなカタチで実現するとは思ってもみませんでした。それにしても映画の舞台挨拶や、芝居を見にきてくださるひと達とはまた、ちょっと雰囲気のちがう、控えめに言ってヤバめな方々で」

ガラスのむこうで笑い声が起きた。ラジオを聴いているのだろう。ダイレクトな反応に、藤尾は少し驚いている。

「午前四時過ぎなのにもかかわらず、みなさんどうやっていらしたんですかね。そのへんのことも訊いてみましょうか。いやあ、緊張するなぁ。正直なところ、わたくし藤尾涼太、ビビっております。だけどまさかここまできて引き返すわけにはいきませんもんね。では早速、表にでましょうか」

相原が警備員に目で合図をして、自動ドアを開けてもらう。

歓声が沸き起こる。それに応えるため、藤尾が手を振った。パーソナリティとリスナーが一体となったその瞬間に、相原は目頭を熱くする。

ああ、これがラジオなんだ。

終章あるいは新たなる序章

「ちょっといい？」

キューシートの最終チェックを済ませたあとだ。ＡＤ席に戻ろうとする相原を植村は引き止めた。

「マイカさんの初回んとき、彼女、思ったよりも早口で巻いちゃって、最後のほう、三分ばかし余っちゃったの覚えてる？」

「覚えてますよ」相原は素っ気なく答えた。「結局、最初に読んだ告知をもう一回読んでもらって切り抜けましたよね」

「そう、それをいま思いだしてさ。今回もなにかあったとき用に、曲を準備しておいたらいいかなと」

「ありますよ」

「え？」

「私もおんなじこと考えて、CDルームにいったとき、ちょっと余分に借りてきました」

「あ、ああ。そうなんだ。ありがと」

相原は仕事がデキる。局内でも評判がよくて、よその部署から、冗談半分で相原さん、ウチにほしいんだけどとよく言われた。

「それよりだいじょうぶですか、植村さん」

相原が顔を覗きこんでくる。

「だいじょうぶって、なにが？」

「肩に力入っているんで、緊張してるんじゃないかなと思って」

「そんなことないよ」

そう言いながら植村はディレクター席で姿勢を正す。

「緊張して当然でしょう」隣のミキサー卓から一ノ瀬が言った。「新番組の一回目なんだし」

そうなのだ。ここはニッポン放送の四階第二スタジオ、そして今日、二〇二四年十月第一日曜、植村がディレクターの新番組『綾川《あやかわ》千歳《ちとせ》のオールナイトニッポンN《ニュー》』があと十分ではじまろうとしている。

パーソナリティの綾川千歳は二〇〇五年八月十八日生まれの十九歳、ブライトプロモーション主催第十二回『ブライト・スターオーディション』で特別賞を受賞しデビュー。つまり藤尾涼太やマイカとおなじ事務所の、そしてまた『オールナイトニッポン』パーソナリティの後輩ということになる。ちなみにふたりがダブル主演した『コンダクター』が綾川のデビュー作でもあった。

相原や一ノ瀬の指摘どおり、緊張しているのはたしかだ。だがそれ以上にプレッシャーが大きい。いままさに背中から感じていた。植村の真後ろで仁王立ちしている人物がいるのだ。綾川千歳のマネージャー、富小路美沙子《とみのこうじみさこ》である。外見から年齢は判断つきかねた。三十代から五十代のあいだとしか言い様がない。じつは魔女で二百歳は超えていると言われれば信じてしまいそうだ。

藤尾のマネージャー、小園に訊ねたところ、経験豊富なベテランで、これまで何人ものスターを育ててきたブライトプロでは一、二を争う実力者らしい。なにしろ芸能界以外にもさまざまな業界にパイプを持ち、手練手管に長け、味方でいるうちは頼りになるものの、敵に回すとおっかないタイプですとも言われた。植村がなにかしでかさないか、心配しているみたいでもあった。

綾川の番組の担当を植村に命じたのは、局長間近と噂される野々宮である。じつは彼からも富小路女史に粗相がないようにと釘を刺されている。

そんなにエライひとがなぜわざわざ現場に、それも夜中の三時に同行しているのか。綾川千歳がはじめてパーソナリティを務めるラジオ番組の一回目だからにはちがいない。しかしこれまた小園の話によれば、彼女の上司、佐々木とはちがい、部下にタレントを任せず、すべて自分ひとりで取り仕切っているとのことだった。タレントのガードが固く、制作に口だしすることも珍しくないという。実際、今回の番組にも準備段階からああだこうだ言われ、植村は辟易していた。

そしてまた、どんな現場にもついていくだけには留まらず、綾川千歳の一挙手一投足をじっと見つめているらしい。いまもそうだ。植村にプレッシャーを与えるためではなく、ブースの中にいる綾川に視線をむけているのだ。

だが綾川はそんなマネージャーの視線を気にかけている様子はなかった。慣れっこなのかもしれない。向かいに座る放送作家の神田と、ほぼ雑談に近い、事前の打ち合わせ中だった。

「あ、そうだ。こんな直前になって訊くのもなんなんですけど、私の名前の漢字って難しくはないにせよ、ちょっと伝わりづらいじゃないですか。どう説明したらいいと思います？」

「ど、どうって、そ、そうだなぁ」

神田は妙にぎこちない。額に汗を滲ませてもいた。奇声を発しやしないかと心配になるくらいだ。

綾川さんって、パーソナリティとしてはもちろん、ラジオの生放送、今日がほぼはじめてですからね。きっとド緊張しているでしょうから、放送前にぼくが話をして、リラックスさせてあげますよ。

ブースに入る前、神田はそう言っていた。しかしものの三分もしないうちに立場が逆転している。

しっかりしろよ、イエスマン龍。

自分のことを棚に上げ、植村は心の中で叫ぶ。

綾川を前にして舞い上がっているようでもあった。そんな神田の気持ちがわからないでもない。デビュー以来、映画やドラマ、舞台などで主演はまだにせよ、オイシイ役柄で活躍中だからか、綾川には女優としての輝きがすでにあった。でも気取ったところはまるでない。笑い方がごく自然であどけなさを残しており、とても愛らしい。女の植村でも彼女のためになにかしてあげたいと思う。

「綾瀬はるかの綾ではどうかな」

「私、綾瀬さんは好きですし、尊敬もしてますけど、自分の番組で名前をだすとなると、人間としてのハードルがあがってしまいません？」

「そ、そうだね。えっと綾野剛も綾小路きみまろもひとの名前だもんなぁ。綾鷹の綾は？」

「いいですね。私、綾鷹好きですし。あ、でもスポンサー的に問題ありません？」

「だいじょうぶですよ」植村はインカムを通して、綾川と神田に言う。

「では綾鷹にします」

「川は流れる川で」

「それだとさんずいの河もありますよ」

「ええと、じゃあ、隅田川の川で。隅田川は知ってる？」

「知ってます。花火大会をしているとこですよね」

「そうそう」

「いい声だね、彼女」一ノ瀬が植村にむかって言った。感心した口ぶりだ。「耳にスッと入ってきて、聴いているひとのストレスにならない、きれいな声をしている」

「私もそう思います。この声ならば、女優、綾川千歳のファン以外のひとにも聴いてもらえるかなと」

「イケると思うよ。あとこの子、実家は四国？」

「愛媛《えひめ》です」植村はちょっと驚く。「どうしてわかりました？」

「あっちのほうの出身のパーソナリティが、以前いたからさ。だいぶ直してるけど、イントネーションが微かに残っているんでわかったんだ」

さすがミキサーの耳はちがう。あるいは一ノ瀬が凡人とちがい、秀でているのかもしれない。

「名前の千歳はなんて言えばいいですかね」綾川が神田に訊ねる。

「千歳船橋《ちとせふなばし》は小田急線で、千歳烏山《ちとせからすやま》は京王線なんだけど」

神田の説明に、綾川はぽかんとしている。

「ごめん。綾川さん本人が知らなくちゃあ駄目だよね」

「すみません、不勉強で」

「しょうがないよ」そう答える神田はだいぶ落ち着きを取り戻していた。綾川に対して兄貴ぶっている感じだ。それはそれでちょっと苛つく。調子に乗るなと言いたくなる。「東京にでてきてまだ日が浅いんでしょう?」

「ええ。それにマンションと現場を事務所の車で行き来してるだけで。休日も引きこもってドラマやアニメばっかり見てます」

そう言いながら綾川は一瞬、視線をブースの外にむけた。マネージャーの富小路美沙子を見たらしい。

「千歳飴はどう?」

「いいですね」インカムで提案した植村に、綾川が即答する。そして彼女は自己紹介の練習をはじめた。「ニッポン放送をお聴きのみなさん、はじめまして。綾鷹の綾、隅田川の川、千歳飴の千歳で、綾川千歳です。愛媛県出身、十九歳、演技のお仕事をしています。好きな食べ物はイクラ、回転寿司でぜったい食べふ、あ、すみません」

「平気平気」神田が宥めるように言う。「初回から流暢に話せるひとなんていないから。なんでもないところで噛むのがちょうどいいくらい。リスナーにこのパーソナリティは俺が育てなきゃって気持ちにさせることもできるしね」

放送開始まであと三分だ。

いかんいかん、また肩があがってきている。胸を張って背筋を伸ばし、肩を落とす。そして深呼吸をした。ブースから綾川がこちらに顔をむけていた。今度はマネージャーではなく、間違いなく自分を見ているのに気づき、植村はにっこり微笑んだ。

「植村さんっ」

わ、わわわ。富小路がサブルームの隅々に響き渡るほどの大きな声で呼びかけてきたのだ。

「は、はい」

「いい番組にしてくださいね」

「もちろんでございます」

ございます？　なにを言っているのだ、私は。

植村の返事はADの相原やミキサーの一ノ瀬だけでなく、インカムを通して綾川と神田にまで聞こえてしまった。みんな声をだして笑い、一気に場が和んだ。

富小路にビビっている場合ではないぞと植村は自分に言い聴かせた。

藤尾涼太が復活したのは一度きり。マイカの番組はおわってしまっている。

植村としては、自らが企画して立ちあげたこの番組に賭けていた。できるだけ多くのリスナーを獲得し、長くつづけていきたい。そのためにはどんなことでもする覚悟はできていた。

ラジオを愛している。だからラジオに愛されたい。
午前三時を報せる時報が鳴った。
植村がキューを振り、綾川がカフをあげる。
『綾川千歳のオールナイトニッポンN』、いよいよスタートだ。

この作品は、オールナイトニッポン55周年記念公演「あの夜を覚えてる」の脚本を元に、山本幸久氏がアレンジし小説化したものです。

あの夜を覚えてる

脚本／小御門優一郎　小説／山本幸久

2023年9月12日　第1刷発行

発行者　千葉 均
発行所　株式会社ポプラ社
〒102-8519　東京都千代田区麹町4-2-6
ホームページ　www.poplar.co.jp
フォーマットデザイン　bookwall
組版・校正　株式会社鷗来堂
印刷・製本　中央精版印刷株式会社

Printed in Japan
N.D.C.913/246p/15cm　ISBN978-4-591-17894-2

P8101475

かがみの孤城　上・下

辻村深月

学校での居場所をなくし、閉じこもっていた〝こころ〟の目の前で、ある日突然部屋の鏡が光り始めた。輝く鏡をくぐり抜けた先にあったのは、城のような不思議な建物。そこには〝こころ〟を含め、似た境遇の7人が集められていた。すべてが明らかになるとき、驚きとともに大きな感動に包まれる。生きづらさを感じているすべての人に贈る物語。

ポプラ文庫好評既刊

食堂かたつむり

小川糸

同棲していた恋人にすべてを持ち去られ、恋と同時にあまりに多くのものを失った衝撃から、声をも失ってしまった倫子。山あいのふるさとに戻った彼女は、小さな食堂を始める。それは、一日一組のお客様だけをもてなす、決まったメニューのない食堂だった。やがてある噂と共に食堂は評判を呼ぶように……。

ポプラ文庫好評既刊

ピエタ

大島真寿美

18世紀、爛熟の時を迎えた水の都ヴェネツィア。『四季』の作曲家ヴィヴァルディは、孤児を養育するピエタ慈善院で音楽的な才能に秀でた女性だけで構成される〈合奏・合唱の娘たち〉を指導していた。ある日、教え子のエミーリアのもとに、恩師の訃報が届く。一枚の楽譜の謎に導かれ、物語の扉が開かれる——。

ポプラ文庫好評既刊

あん

ドリアン助川

線路沿いから一本路地を抜けたところにある、小さなどら焼き店を営む千太郎。ある日、バイトの求人をみてやってきたのは手の不自由な老女・吉井徳江だった。徳江のつくる「あん」の旨さに舌をまく千太郎は、彼女を雇い、店は繁盛しはじめるのだが……。やがてふたりはそれぞれに新しい人生に向かって歩き始める。このうえなく優しい魂の物語。

ポプラ文庫好評既刊

スイート・ホーム

原田マハ

香田陽皆は、雑貨店に勤める引っ込み思案な28歳。地元で愛される小さな洋菓子店「スイート・ホーム」を営む、腕利きだけれど不器用なパティシエの父、明るい「看板娘」の母、華やかで積極的な性格の妹との4人暮らしだ。ある男性に恋心を抱いている陽皆だが、なかなか想いを告げられず……。さりげない毎日に潜むたしかな幸せを掬い上げた、心にあたたかく染み入る珠玉の連作短編集。

ポプラ文庫好評既刊

あずかりやさん

大山淳子

「一日百円で、どんなものでも預かります」。東京の下町にある商店街のはじでひっそりと営業する「あずかりやさん」。店を訪れる客たちは、さまざまな事情を抱えて「あるもの」を預けようとするのだが……。「猫弁」シリーズで大人気の著者が紡ぐ、ほっこり温かな人情物語。

ポプラ文庫好評既刊

ビオレタ

寺地はるな

婚約者から突然別れを告げられた田中妙は、ひょんなことから雑貨屋「ビオレタ」で働くことになる。そこは「棺桶」なる美しい箱を売る、少々風変わりな店だった……。人生を自分の足で歩くことの豊かさをユーモラスに描き出す、心にしみる物語。第４回ポプラ社小説新人賞受賞作。